あなたの言葉に溺れたい
恋愛小説家と淫らな読書会

CONTENTS

YUME

イラスト／花本八満

あなたの言葉に溺れたい

恋愛小説家と淫らな読書会

プロローグ

いつかは素敵な恋愛ができる。

年頃の女の子なら誰もが一度は思うことだ。

しかし秋友小夜子(あきともさよこ)は、二十五歳になる今の今まで〝素敵な恋愛〟とは無縁の生活を送っていた。

その男——広田鏡二(ひろたきょうじ)に出会うまでは。


「あっ……」

いつもの本屋でお目当ての本をみつけた。手を伸ばすと横から手が伸びてきて、同じ本を取ろうとしていたためぶつかってしまう。

「すみません」

低くて耳に心地よい声が聞こえ、そちらに顔を向けた。

小夜子はハッと息をのんだ。それほど整った顔の人物が目の前に立っていたからだ。

切れ長の艶っぽい一重に、スーッと通った鼻筋。形の良い唇が品の良さを醸し出していた。

小夜子はほんの数秒だったが凝視していたことに気がつき、慌てて声を発した。

「わたしこそすみませんでした。あの……どうぞ」

「いえ、私は結構ですので、あなたがどうぞ」

「でも、わたしよくここには来るので、注文して入荷を待ちます」

そこまで大衆受けする作家の本ではないし、過去の作品だ。きっとこのあたりの他の本屋に行ってもなかなか見つけられないだろう。

「ならば、私もよくここには来るので、そんな理由で譲ってもらうわけには」

「あの、本当にわたしのことは気にしないでください」

「そうはいきません。こう見えても両親には女性に優しくするように育てられましたから」

肩をすくめる様子を見て、冗談を言っていることがわかった。それを受けて小夜子も返した。

「それは困りました。わたしも両親に、人に親切にするようにと育てられましたから」

今度は小夜子が肩をすくめて見せた。

その後、お互いの顔を見て同時にクスクスと笑いだした。

そんなふたりの間を遮るように、また一本手が伸びてくるとふたりが手に取ろうとした本が本棚から抜かれた。

クスクス笑いが一瞬で止まる。

ふたりでその本を持ち去っていくサラリーマンの背中をポカンと見つめた。まるで〝漁夫の利〟を絵にかいたようなことが目の前でおこったのだ。

それに対してふたりはまた、お互いの顔を見合わせるとクスクスと笑い始めた。

通りかかった緑のエプロンをつけた書店員が、ふたりを変な目で見ていたので、やっと笑いを止めた。

「本は手に入りませんでしたが、なんだか素敵な出会いになりましたね。では失礼します」

「あ……はい」

それに応えるように小夜子は頭をさげた。顔をあげたときには、すでに彼は出口に向かって歩き始めていた。

(『素敵な出会いになりましたね』って……これから先、なにかあるみたいな言い方だ)

その後小夜子は、雑誌のコーナーへ移動してパラパラと雑誌をめくった。しかし頭の中は先ほどの男とのやりとりが、繰り返されていた。

小夜子は結局なにも買わずに、店を出た。

お目当ての本も買えずに帰宅することになった小夜子だったが、なぜだか心がフワフワしたまま家路についた。

それは小夜子と鏡二がなにかに引き寄せられるように出会った瞬間だった。

第一章　再会は読書会で

「秋友さん…こっち確認してもらっていいですか？」

「あ、はい。わかりました」

臨時職員――いわゆるアルバイト――の女性に声をかけられて、小夜子は笑顔で応えた。

小夜子が働いているのは、とある政令指定都市の市役所だ。全国誌の街角スナップ特集に出る規模の土地で、そこそこの大きさだ。

その文化振興推進課でカルチャーセンターの運営や地域のフェスティバル、有名人の講演会の企画など、市民の文化活動を支援するための多岐にわたる仕事をしている。

昼下り、眠気をこらえつつパソコンに向かう。今日中に資料を作って主任に決済をもらったあと、課長に資料を回したい。室長の決済までもらわなければならないことを考えれば今日提出するのがベストだ。

（こんなにたくさんの決裁がいる書類じゃないのに……）

小夜子は無駄な仕事だと考えながら、しかし自分が公務員であり市民の方々から税金をいただいて仕事をしている以上、どんなに小さな仕事でも誰かのためになるのだという思いで仕事をしなければならないと考えている。

　実際になにか問題があったとき、小夜子のような立場の人間では対処できないこともある。だからこそ面倒だと思う決済のシステムも大事なのだ……そう思い直してパソコンの画面に意識を戻した。

「秋友さん……これ」

「ちょっと今、手が離せなくて」

　ちょうどややこしい関数を用いた表計算ソフトを使っている時に声をかけられた。顔を上げると、先輩の今野慶太が横に立っていたのだ。

「そうだろうね。すごく難しそうな顔してる。だけど、ちょっといいかな……」

　小夜子が使っていたマウスを指さした。

「すみません。あ、はい。どうぞ」

「ここの数式が崩れてるから、ちゃんと計算できてないんじゃないかな?」

　今野はがっしりとした体をかがめて、大きな手で小さなマウスを摑むとスイスイと操作を始めた。そしてあっと言う間に小夜子がうんうんなっていた問題を解決してしまう。

「わぁ、ありがとうございます。さっきから行き詰まってて」

「視点を変えると上手くいくことも多いから、たまには息抜きも必要だと思うよ」

　笑顔の今野は、小夜子のデスクに缶コーヒーを置くと、そのまま去っていった。

「ありがとうございます」

背中から声をかけた小夜子に、今野は手をあげるだけで応えた。

（はぁ、助かった……これで決済に回せる）

今野は仕事のできる先輩だ。だからといってそれを鼻にかけているわけではない。周りをよく見ていて、こうやっていつもさりげなく手を差し伸べてくれる。

小夜子が新卒ですぐにこの部署に採用されてから、彼の助けなしでここまでやってこられたかは、はなはだ疑問だ。それくらい今野は頼れる先輩だった。

先輩の気遣いある行動に感謝しつつ資料をプリントアウトしている間に、机の上に置かれた缶コーヒーを飲んだ。

資料を主任の決裁ボックスへ放り込んで、席に戻る。

（なんとか今日中の仕事は終わった～）

時計を見ると、すでに定時の十七時十五分だ。臨時職員の人たちが荷物を片付け始めていた。

「秋友さん、これから今野君と飲みに行こうと思ってるんだけど、一緒に行かない？」

課長が金曜日の定時後の緩んだ顔で誘ってきた。

「すみません。実は明日、弟のサッカーの試合なんです。だから今から実家に帰らないと」

「そうか……そりゃ残念だな」

「また誘ってください」

パソコンの電源を切りながら小夜子は笑顔で返した。

（できれば、わたしの書類の決裁は今日中にお願いしますね）

心の中で実際には言えない言葉を紡いだ。


いつも市役所の前の停留所からバスを利用する。今日は実家に帰るためにいつもとは違う路線のバスに乗り込んだ。

チャージしているカードをＩＣカードリーダーにかざして、つり革につかまる。

初めは混雑していたバスも、目的地まで半分くらいの距離で空席が目立ってきた。小夜子はひとり掛けの席に座ると、バッグから本を取り出し読み始める。

それは、この間買い損ねた本だった。あのあと、書店で取り寄せてもらい手に入れたのだ。小夜子はゆっくりと小説の中に意識を集中させていく。

小夜子にとって本は生きていく上で手放せないもののひとつだ。小さなころからおもちゃは誕生日とクリスマスだけと決まっていたが、本だけはたくさん買い与えてくれた。

自分を違う世界へ連れて行ってくれる。それは幼いころから今も変わらない。

夢中になって本のページをめくった。周りの音すべてがシャットアウトされて物語の中に入りこむ。それは小夜子にとって至福の時だ。

　しばらく没頭していると、スマホのアラームが鳴った。しばしば本に夢中になって降りるバス停を乗り過ごしてることがある小夜子が乗車時に設定しているアラームだ。アナウンスに従い降車ボタンを押す。目の前には実家近くのバス停がすでに見えていた。急いでカルチャースクールで作った押し花のしおりを挟んでバッグにしまい、バスを降りた。

　バス停から十分弱で小夜子の実家に到着する。ごく標準的な建売住宅で築年数も経っている。けれど、母親が丁寧にメンテナンスや庭仕事をするので、そこそこ綺麗に保たれていた。

　門扉を開けて、郵便物のチェックをする。実家を出てひとり暮らしを始めたからといって、小夜子のこの習慣がなくなることはなかった。

　鍵をとり出して、鍵穴に差し込もうとしたところ向こう側から鍵をあける音がした。そして勢いよく扉が開く。

「姉ちゃん！　おかえり。おみやげは？」

「ただいま、日向（ひなた）。もう、それ以外に言うことないの？」

　へへ……と太陽のような笑顔の主は小夜子の弟の日向だ。現在十二歳の弟と小夜子は十三歳離れている。

十二歳と言えば普通なら反抗期に差し掛かるところだろう。しかし日向は、歳の離れた姉の小夜子には、そういった態度は見せなかった。

小さなころから仕事で忙しい母親の代わりにいろいろと世話をしてきた。親子行事などは両親ではなく小夜子と参加した回数の方が多い。

「ほら、これ頼まれてた本」

「サンキュー！　やっぱ姉ちゃん最高！」

キラキラと目を輝かせて、いきなり玄関で座りこみ本屋の包みを開けている。

「小夜子、戻ったの？　手を洗っていらっしゃい」

台所から母親の声が聞こえた。

（もう……子供じゃないのに）

いつまでたっても、帰ってきて言われるセリフは同じだ。

「お母さん、ただいま。すごくいい匂い」

食卓には焼魚や煮物、いつもの母親の作る定番料理が並んでいた。

「なんだよ～魚か」

育ちざかりの日向には少々物足りないかもしれない。けれど実家の味を堪能したい小夜子にとってはご馳走だった。

手を洗ってダイニングテーブルにつくと、日向は先ほど小夜子があげたばかりの本を夢中で読んでいた。

「日向、後にしなさい」

「……はぁい」

不満がこもった返事だったが、それでも素直に従う。その姿を見て安心した。

秋友家には父親がいない。小夜子が十六歳、日向が三歳のときに父は不慮の事故でこの世を去っていた。

その後はもともと仕事をしていた母親が小夜子と日向、そして父親の残したこの家をしっかりと守ってきた。

しかし日向は、難しい年頃に差し掛かっている。父親がいないことが影響することを小夜子は心配していた。

「お母さん、おかわり」

頬にご飯粒をつけた日向が母親に茶碗を差し出した。その様子からすると小夜子の取り越し苦労のようだ。

「明日の試合、楽しみにしてくれよな。俺、姉ちゃんの為にゴール決める」

小学生の弟のまるで恋人に宣言するような言い方がおかしくて、小夜子はクスクス笑う。

「あ、できないと思ってるんだろ。俺、新しいコーチになってからスゲー褒められるんだぜ。前のコーチは大っ嫌いだったけどな」

「どうして?」

「だって……サッカーの上手くない奴でも金持ちだったらレギュラーにしてたんだぜ」

唇を尖らせる日向を母親がいさめる。

「確証もないこと軽々しく言わないの」

「絶対そうだって、そいつらのせいでうちのクラブ、去年は地区大会決勝にいけなかったんだ」

「そうなの……」

大人の世界にはそういうことがある。子供がわかっていないと思ってやっていることもあるだろうが、日向はそういう大人を見分けるのになぜか長けていた。

頼もしい反面、この大人びた観察眼と子供の正義感が混ざって、トラブルに巻き込まれてしまわないかと、小夜子はひやひやしていた。

すると突然話題を変えた。こういうところはやっぱり子供だ。

「姉ちゃん、明日のサッカーの弁当作ってくれよ」

「いいよ。なにが食べたいの?」

おかわりを待っている間も惜しんで話をしようとする弟を、小夜子は温かい目で見た。

「からあげと、ウインナーとハンバーグ」

「全部、お肉じゃないの。わかった全部入れてあげるね」

可愛い弟にねだられたら断れるわけがない。

「やったー！　やっぱ、姉ちゃん最高！」

笑顔でそう叫ぶと、母親から受け取ったご飯をまたかきこみ始めた。

久しぶりに三人での食事を終えると、日向は早々に風呂に入り自室にこもった。おそらく小夜子があげた本を読んでいるに違いない。

片付けの終わったダイニングで母親と向かい合って、お茶をすする。

「仕事はどうなの？」

「うーん。ぼちぼちってところかな。頑張ってるよ」

結局聞かれることはいつもと一緒なのだ。だからこの後の言葉も小夜子には予想がついていた。

「職場にいい人はいないの？」

（やっぱり……結局はこの話になっちゃうんだよね）

「いないよ……。仕事しに行ってるんだもん」

「そんな、色気のかけらもないこと言わないの。お相手の方も公務員なら、安定してるし……」

小さなため息をついて、いつもと同じ言葉を返す。

「職場で色気振りまいてどうするのよ。心配しないで」

「だって、あなたいつまでひとりでいるつもりなの？」

（いつまでって、まだ二十五だし……まぁでもお母さんの心配もわかるけど）

小夜子は二十五歳の今なお、男性経験がない。それは別に恥じることではないけれど、しかし自慢できるものでもないような気がしていた。

今まで恋人が全くいなかったわけではないが、一線を越えようとするといつも問題が生じ、現在に至っていた。

「その話はまた今度。先にお風呂入るね」

いつもと同じように逃げて、小夜子はバスルームに向かった。


翌日――。

約束通りサッカーの試合の応援に向かった小夜子は、他の父兄たちに混ざって声を張り上げた。

「ひーなーたー‼　行けー！」

普段は出さないような大きな声が自然と出てくる。ボールを追いかける弟を必死で応援した。

「やったー‼」

ゴールを決めた日向が、こっちに向かって大きく手を振っている。小夜子もできるだけ大きく手を振り返した。

（知らないうちに随分上達したなぁ）

生まれてすぐから世話をしている弟の成長が嬉しいと同時に羨ましく感じた。片や自分は日々のルーティーン仕事を繰り返すばかりで、ここ最近なんの変化もなかった。

安定していると言えば聞こえがいいが、成長著しい弟を見ていると自分もなにか新しいことを始めてみたいと思う。

試合は一生懸命応援したにも関わらず、惜しくも負けてしまった。

「残念だったねー でも日向、上手になったね！」

「だろ？　でも、もうちょっとだったのになぁ」

悔しそうにしながら、ユニフォームで顔の汗を拭う。

「弁当食ったらアイツらと自主練するから、じゃあな」

小夜子に手を振ると、さっさと走り去って行ってしまった。

（あんなに走り回った後なのに、元気だなぁ）

仲間と合流した日向は、楽しそうに話をしながら笑顔を見せていた。試合の応援とお弁当の使命を果たした小夜子は、バス停へ向かった。

バス停を降りたところでちょうど小夜子のお腹が「ぐぅ」っと音を立てた。腕時計を見ると行きつけのカフェのランチタイムに間に合いそうだったので急ぐ。

「いらっしゃいませ。あ、丁度いつもの席が今空きました」

店の扉を開くと、顔なじみの店員が小夜子に声をかけた。片付けられたばかりのいつもの席に着く。

「タイミングよかったですね。さっきまで満席だったんです」

水を持ってきてくれた、店員が教えてくれた。

もとから人気のカフェだが、土曜日のランチタイムはいつも満席だ。メニューを渡されたときに、ふと入口の方に目が留まる。

「すみません。あいにく今、満席でして……」

そこに立っていたのは、いつか本屋で出会ったあの男だった。

「あっ！」

思わず声を上げてしまい、慌てて口を抑えたが遅かった。

男と入口で接客していた店員と、目の前にいる顔見知りの店員、三人の目が小夜子に向いていた。

「あ……」

男の方も、驚いたように目を開いて声を上げた。

「お知り合いですか？」

ふたりを接客していた店員が同じことを、それぞれ目の前の相手に聞いた。

「はぁ……」

「まぁ……」

「では、ご相席されてはいかがですか？　ね？」

小夜子と男の目が合う。この状況では断りにくい。

「あの……、どうぞ」

椅子の上に置いてあったバッグを取って、足元の荷物用のカゴに入れて席をあけた。

そこに受付の店員に案内されて、男が席にやってきた。

「ご迷惑ではないですか？　少し待つのは全然構いません」

申し訳なさそうに男は言うが、まだまだ席は空きそうにない。そうこうしているうちに、次のお客も来てしまった。

「あの、わたしは構いませんので、よろしかったらどうぞ」

「では、お言葉に甘えて」

男が席に着くと、お冷をとりに店員が離れたと同時にお互いメニューを見つめて静かになる。

（勢いで、相席ＯＫしたけど、やっぱり気まずいかも）

少し後悔しながら、メニューの影に隠れてこっそり向かいの男を盗み見た。

（あの時も思ったけど、かっこいいなぁ）

思わずじっと見つめていると、顔をあげた相手とばっちり目が合ってしまう。

「そんなに見つめられると、穴が開いてしまいます。穴は開けられるより、開けるほうが興味がありますね」

「へ？　穴？」

自分が鏡二をマジマジと見ていたのを指摘されたことよりも、あとの言葉に気をとられてしまう。

「あぁ、あまり気にしないでください。単なる独り言というか、願望です。それよりも、なにを食べるか決まりましたか？」

クスクスと笑う彼を、小夜子はきょとんとした顔で見つめた。

「あっ……えーと。はい」

（独り言？　願望？　なんだかよくわからないな……）

彼の言葉の意味が理解できずに、あれこれ考えている小夜子をよそに、サッと手をあげて店員を呼んだ。

「お決まりですか？」

笑顔の店員にオーダーする。

「オムライスを」と注文した小夜子のセリフに「私はオムライスを」と男の言葉が見事に

重なった。

ふたり驚いて顔を見合わせていると、間にいた店員がクスクスと笑いだした。

「では、おふたりともオムライスですね。セットなんですがサラダかスープが選べます」

（この間はスープにしたから、今日はサラダにしよう）

「サラ……」

「サラダで」

小夜子が口を開きかけると、同じように目の前の男がサラダを注文した。

そしてまたもや目が合ってしまう。

（なんだか、もうここまで来ると飲み物までかぶりそう）

そんなことを考えていると、目の前の男が小夜子に尋ねた。

「もしかして、食後にアイス・カフェラテ？」

（やっぱり）

「はい」

笑いが抑えられずに、クスクスと肩を揺らす。そんなふたりを見ていた店員がオーダーを繰り返して笑顔で去っていく。

「なんだか不思議ですね。あなたと私は、どうやら好みがかなり似ているようです」

「そうですね」

本屋では同じ小説を、カフェでは同じメニューを。それだけで名前も知らない目の前の男の人が急に近い存在に感じられた。

テーブルの上には、書店のカバーがついた本が置かれている。

「もしかして、それってこの間の本ですか？」

「あぁ、そうです。あの後あの本屋で取り寄せてもらって」

小夜子は自分のバッグをがさごそと探る。そしてカバーのかかった本を取り出した。

「わたしもあの後、買ったんですよ」

「ははは……持ち歩いている本まで同じだなんて、私たちは随分気が合うみたいだ」

〝気が合うみたい〟というセリフをなんだかくすぐったく感じた。

「……さよこさん？」

「え……どうして名前を？」

「超能力です」

ぽかんと口を開けたまま、小夜子は男の顔を見つめた。

「ははは。そんなに驚かないでください。そのブックカバーですよ」

指さしたのは『SAYOKO』と刺繍されている部分だ。

「あぁ、それで。実はこれ弟が家庭科の実習で作ってくれたんですよ」

「ふーん。なかなかセンスがいい弟さんですね」

社交辞令だとわかっていても、大事な弟を褒められるとやはり嬉しいものだ。それがきっかけとなって、ふたりの会話が弾み始めた。

「フルネームは秋友小夜子です。小さい夜の子」

「ふーん〝セレナーデ（小夜曲）〟か。綺麗な名前だ」

にっこりとほほ笑みながら、うんうんと頷いている。

（そんな風に言われたの初めて……）

小夜子にしてみれば、小さい頃は古めかしい名前が嫌だった。同級生の意地悪な男の子に〝おばあちゃんみたい〟とからかわれたのを今でも覚えている。

「ありがとうございます」

名前を褒められただけなのに、なぜか照れてしまう。それは彼の笑顔に直視できない甘さが含まれているからだ。

（イケメンの笑顔の破壊力……すごい）

「私は、広田鏡二です。好きなものは本とオムライス」

「知ってます。偶然ですけど、わたしも同じです」

「そう、私たちやっぱり気が合いますね」

そして出会って何度目だろうか。またふたり顔を見合わせて吹きだし、笑い始めたのだった。

（広田鏡二さんかぁ…。どっかで聞いたような名前…）

「お待たせしました」

　サラダと一緒に湯気が上るオムライスが到着した。鏡二が店員に小夜子の方へ先にオムライスを置くように促した。スマートな動きのひとつひとつが、心地よい。大人の男全員が同じことをできるわけではないから、なおさらだ。

（きっとモテるんだろうなぁ）

　顔も雰囲気も申し分ない。年齢も小夜子よりおそらく五つぐらいは上で、男としても魅力が増してくるころだろう。女性の扱いも上手で会話も面白いときたらモテないわけない。オムライスさえも優雅に食べる姿に思わず見とれてしまった。

（ダメ、ダメ。あんまり見たら失礼だもの）

　小夜子は自分のオムライスを食べることに一生懸命集中した。……時々我慢できずに何度か鏡二を見ながら。

　食事の間、気候の話や目の前のオムライスの話など、とりとめのないことを話した。お互いの趣味であるはずの本の話はなぜか出てこなかったが、それでも小夜子は心地よい時間を過ごした。

　食後のカフェラテを飲み終えると鏡二は時計を見て、残念そうな顔をした。

「あいにくこの後、人に会う約束があるので、私はこれで失礼しますね」

「えっ……はい」

瞬時に「残念だ」と思ってしまった自分の気持ちを隠して、笑顔を向けた。そして同じように笑顔になった鏡二がカフェから出て、窓越しに手を振ってくるのが見えた。

胸の中が、やわらかい羽のようなものでくすぐられているような感覚が広がる。

小夜子はそれを振り払いたくて、カフェラテをすると本を広げて物語の中に入りこんでしまおうとした。しかし、その〝こそばゆい〟感覚が体の中から抜け出ることはなく、同じ行を何度も目で追っていることに気がついて、本を読むのをやめた。

この時になってようやく、連絡先を聞いておけばよかったと思ったがもう遅い。

（また会えるかな……）

さっきまで鏡二が座っていた席を、ぼんやりと眺めていると、皿を下げに来たいつもの店員が小夜子に話しかけてきた。

「あの、いつも本読まれてますよね？　お好きなんですか？」

思ってもみなかった質問に少し戸惑いながら「はい」と返事した。

「やっぱり。いつもかなり集中してお読みになっているから、きっとそうなんだろうなぁって。実は前回読まれていた本、私も大好きで話しかけたいと思ってたんですけど、なかなかチャンスがなくて……」

完全に手を止めて、小夜子との話に夢中になっている。そのときカウンターから「弥生（やよい）

ちゃん」と呼ぶ声が聞こえた。

「あ、行かなきゃ。えーと、それでいきなりなんですけど、よかったらこれに参加しませんか？」

弥生は、ブルーのエプロンから一枚の紙を取り出した。そこには読書会という文字が大きく書かれていた。

「読書会ですか？」

「はい。実は私の彼が主催してて、月に一度くらいを目安にここでやってるんです。参加する人は年齢も肩書きもいろいろなんですよ。だから一度参加しませんか？　前向きに検討してみてください」

まくしたてるように早口で説明をすると、小夜子の返事を待たずにトレイを持ってサッといなくなってしまった。

取り残された小夜子は渡されたチラシを見てみた。そこには過去に行われたらしい読書会の様子の写真があった。たしかに上は七十歳くらいの白髪のおじいさんから、下は制服の女子高生までいた。そして各々がこちらに向けて本を見せている。

(『必要なものは、おすすめの本と筆記用具。それと本好きのあなただけです！』かぁ)

好きな作家やジャンルだけしか読まない小夜子には、魅力的な話だった。他の人と本について語ることによって、新しい作品と出会えるかもしれない。

小夜子の好奇心がくすぐられた。

（なにか新しいことを始めようと思ってたところだし、ちょうどいいかも）

スマホを取り出して、チラシに書いてあった読書会のブログにアクセスしてみる。そこには次回の日程と参加者募集の記事がアップされていた。早速記載されているメールアドレスに参加したいと記して送信した。

どこか勢いで、参加を決めてしまったところがあったが、それでもなにか新しい世界が広がる予感がしてワクワクした気持ちで、弥生にお礼を言ってカフェを出ようとした。

（あれ？　伝票がない……）

テーブルの上には、いつも置いてあるはずの伝票ホルダーがない。レジで尋ねてみるとすでに支払いが終わっているとのことだった。

「さっき相席されたお客様が払われていかれましたよ」

「え……本当ですか？」

「はい。またいらしてくださいね」

弥生に見送られて、カフェを後にした。

（次に会ったとき、ちゃんとお礼を言わなきゃ）

約束もしていないのに、小夜子は必ず鏡二ともう一度会えるとなぜかこのとき確信していた。

「あ、来た来た！　祐介（ゆうすけ）こっち来て」

その日読書会の会場になったいつものカフェに行くと、弥生と呼ばれていた店員が私服で迎えてくれた。

弥生に呼ばれて、がっちりとした体格の男性が小夜子の前に来た。

「こちら……あれっ？　お名前聞いてましたか？」

「あの、まだだと思います。あの、秋友小夜子です」

自己紹介すると弥生がにっこりと笑い、隣の男性に話を振る。

「小夜子さん！　なんか名前知らなかったのが不思議なくらい顔あわせてますよね。私は仲本（なかもと）弥生です」

人懐っこい笑顔を浮かべる弥生は、私服だと小夜子が思っていたよりも若く見えた。

しかしこれまで散々話をしていたのに、今まで自己紹介をしていなかったのが不思議だ。

「お前は、ホントそそっかしいよな。そういう所、いい加減直せよ」

弥生の頭をポンと叩くと、男性は改めて小夜子に向き合う。

（どこかで見た顔なんだけど……どこだろう？）

「俺は、この読書会を主催してます、石塚（いしずか）祐介です。気軽な会なんであまり緊張しないでくださいね」

笑うと八重歯が見えた。そしてそれが小夜子の記憶を刺激する。

「あっ！　あのもしかして、そこの本屋さんの……」

思い出して聞いてみると、頭を掻きながら恥ずかしそうにしている。

「そうです。あそこの書店員です。やっぱりバレたかぁ」

「仕方ないよ。このあたりに住んでる本好きの人があの本屋利用しないわけないしね」

弥生がもっともなことを言う。

「祐介は、あそこの本屋の書店員で、私の彼氏なんです」

「おま……ちょっと、別にそれ言わなくてもいいいんじゃないか？」

祐介が慌てて弥生の口をふさぐ。

「ふがっ！　もういきなりやめてよ。だって小夜子さん綺麗だから祐介が好きになったら困るもん。浮気の芽は出る前に摘んでおかなきゃ」

「出てない芽をどうやって摘むんだよ……」

目の前で繰り広げられるカップルの掛け合いが面白く、小夜子はクスクスと笑う。

「じゃあ、席に案内……あっ！」

弥生が入口に視線を向けたので、小夜子も一緒に目を向け、そしてそこに立っている人物を見て驚いた。

（……広田さん）

それと同時に鏡二もその場にいる小夜子に気がついて一瞬目を見開いて、そのあとやわらかな笑顔になった。

「あなたも読書会に参加するんですか？」

一歩一歩近づきながら小夜子へ質問を投げてくる。

「はい。広田さんもですか？　わたし、実は今日が初めてで」

少し緊張していたが、鏡二が現れたことで安堵感が広がる。

「私も、彼女に誘ってもらって、今日が初参加なんです」

どうやら鏡二も弥生に声をかけられたらしい。

「そうだった、おふたりお知り合いでしたよね？　一度相席されたのを今思い出しました。だったら、おふたりは並んであちらの席に着いてください。いいよね？　祐介」

「わからないことがあったら、なんでも聞いてくださいね。特にルールはありませんが、気になることはどんどん発言してください」

祐介が八重歯を見せながら笑顔で説明してくれる。

「わかりました。じゃあ行きましょうか小夜子さん」

そっと手を背中に添えられて、エスコートされた。彼にとってはなんでもないことなのかもしれないが、そういうことの経験があまりない小夜子は、ドキドキしてしまう。

（広田さん、やっぱり大人だなぁ。こういうことをサラッとできるなんて）

「どうぞ」

広田が椅子を引いて小夜子が座るのを待っていた。そこに座ると、自らも隣の椅子を引いて席についた。

「しかし、こうも偶然が重なると、いろいろ期待してしまいますね」

ニッコリと人好きのする笑顔で話しかけられる。

「期待……ですか？」

（この間から思ってたけど、広田さんの言葉がよく理解できないときがあるんだよね……）

「そうです、期待です。それに今気がつきましたが、小夜子さんはとてもいい匂いがしますね」

「そうですか？」

香水をつけているわけでも、特別なシャンプーを使っているわけでもない。ふと気がつくと、鏡二が小夜子の髪を一房とって鼻先に持っていき息を大きく吸い込んでいた。

「え？　あの、そんなに匂いますか？」

「はい……とてもいい香りです」

いい香りと言われても、こんなふうに自身の匂いを嗅がれることには抵抗がある。

「いろいろ我慢できなくなりそうなので、この辺でやめておきます」

じっと見つめられたその瞳の奥に、今までなかった熱いものが宿っているのを感じた。

「そうですか……」

（いろいろってなんだろう）

熱のこもった視線に、小夜子の胸がドキドキと音をたてた。

「そろそろ始まりそうですね」

鏡二は小夜子の髪から手をどけると、主催者である祐介の話に耳を傾けた。小夜子はその様子を見て胸に渦巻く疑問はそのままに、会がスタートするのを待つことにした。

今日は参加者が多く、二グループに分かれて読書会が始まった。小夜子や鏡二を含めて他に三名初参加の人がいたことから、今回は自己紹介から始めることになった。

小夜子のテーブルにいる参加者は、鏡二のほかに七十五歳のおじいさん三沢と三十代のサラリーマン田代、それと小学生の子供を持つ主婦の大沼に、幼稚園の教諭をしているという二十代の木本だった。

「秋友小夜子です……公務員です。好きな作家は、森真知子、鏡ヒロ……」

「鏡ヒロ……好きなんですか？」

その時、小夜子の自己紹介を遮って、鏡二が口をはさんだ。小夜子のイメージでは彼はそういう不躾なことはしないはずだった。驚いたけれど、話を続けた。

「はい。一番好きな作家です。だから今日もみなさんに紹介しようと思って持ってきたんですよ」

バッグから一冊のハードカバーを取り出して、席にいるみんなに見せた。

「話の腰を折ってすみません。続けてください」

鏡二がすまなさそうな顔を小夜子に向けた。それに笑顔を返す。

「いえ、わたしの自己紹介はもう終わりなので、次は広田さんがお願いします」

「あぁ、私で最後ですね」

コホンと小さく咳払いして、鏡二は話し始めた。

「広田鏡二です。自営業なので仕事もせずに本を読み漁っています。今日はみなさんがどういった本を紹介してくれるのか楽しみに参りました。よろしくお願いします」

丁寧に頭を下げた鏡二を小夜子は気がつけばじっと見つめていた。

(こんなに見てたら、変な人だと思われちゃう)

そうなる前に視線をそらせて、何事もなかったかのように振る舞った。

各テーブルでの自己紹介が終わったのを見計らって、祐介が声を上げた。

「では、みなさん持参した本の紹介をひとり持ち時間七分で語ってください」

各々がテーブルの上に、みんなにおすすめしたい本を取り出した。小夜子は自己紹介のときに一度出していたので、みんながどんな本を持ってきたのかとテーブルの上を見回した。

(あれは初めて見る本かも……あ、ビジネス書なんかもあるんだ)

その後、最年長で七十五歳の三沢が恋愛の本を紹介して、三十代のサラリーマンである田代はお気に入りの詩集を朗読してくれた。主婦の大沼はおいしい家庭料理がテーマの人気作家のエッセイを持ってきていて、小夜子が買ってみようと思っていたものだったので、積極的に質問をしてみた。幼稚園教諭の木本は彼女のやわらかい印象とは違う、今話題のビジネス書を持ってきていて、そのギャップに驚いた。

「なんだか本当に多種多様なんですね」

小夜子が誰に向かってでもなく言葉を発すると、それを横で聞いていた鏡二が同意する。

「たしかにそうですね。だからこそ、本に対してもその人に対しても新しい発見があるんでしょうね。おっと、次は私の順番みたいです」

鏡二が持ってきたのは、ミステリー作家が書いたＳＦものだった。

「この作家さん、こんな小説だしてたんだね」

誰もが知っている作家だからか、周りのみんなも驚いた顔をしている。

「この話、本当にこの作家さんが書いたのかと、意外に思わせる所と、元々の持ち味がうまく融合している作品なんです。作家さん本人にとっても挑戦であり、その挑戦から成果を得たのではないのかと思います。一読する価値はあると思いますよ」

メンバーがさらさらと題名をメモしている。小夜子も同じように手帳に題名を書いて帰りに本屋に寄って買って帰ろうと思っていた。

「でも、広田さんって変わっていますね」

「変わってる？　そうかな……」

思わず口にしてしまったが、悪い意味に取られていたかもしれない。

「あの、もちろん変な意味じゃないんですよ。ただ他の人と違って本の内容よりも、作家に焦点を当てて本の紹介をする人ってなかなかいないような気がして」

素直に思ったことを伝えた。しかし一瞬鏡二の目が鋭く光った気がして、ドキリとしてしまう。

「あの……気に障ったなら、謝ります。すみません」

頭を下げると鏡二が慌てた様子で、否定する。

「いえ、謝る必要はなにもありませんよ。別に気に障ったわけじゃないですから」

にっこりと笑う鏡二にさっき小夜子が感じた鋭さはなかった。

（気のせいだったのかも……）

鏡二の笑顔を見て、自分の発言で気分を悪くしていなかったことに安心していると「次は小夜子さんの番ですよ」と鏡二にバトンを渡された。

「わたしが紹介するのは、鏡ヒロの『境界線の向こう』です。ベストセラーになったデビュー作よりもわたしはこっちの方が好きなんですよね。作品全体の雰囲気がやわらかくて甘酸っぱくて、でも主人公の周りで起きる些細なことすべてが、主人公のキャラクターを表現しています。もう学生の時から何度も読んでるんですが、読むたびに違うメッセージが受け取れるんです。だからこれからもきっと何度も読むことになると思います」

小夜子は話し終わってハッとした。大好きな本なので周りの反応も気にせずにベラベラと一気に話をしすぎたのではないかと思った。

「あ、あの……わたし」

「お嬢さんは、よっぽどその作品が好きなんですね。そんなにいいならどれ、私もひとつ読んでみようか」

最年長の三沢が目じりを下げてフォローしてくれた。

「あの、ぜひ読んでみてください！　絶対ファンになりますから」

力説する小夜子の横で木本が発言する。

「あたしも鏡ヒロ好きなんだけど、あたしは断然デビュー作が好きなんだけどなぁ。正直『境界線の向こう』にはちょっとがっかりしたっていうか……」

個人的な感想だ。だからいろいろな意見があってしかるべきだ。

「そうなんですね。でも鏡ヒロは好きなんですよね？」

「そうそう。だからここ何年も新作書いてないから、残念で」

それは小夜子も同じ思いだ。次の作品を心待ちにしている。

「じゃあ私はどっちも読んでみるわ。最近子供の塾の待ち時間に読む本探してたのよ」

主婦の大沼も鏡ヒロに興味を持ったようだ。

(自分の好きな作家や本の話を、こうやって共有できるっていいな)

小夜子は読書会の醍醐味をきちんと味わっていた。

グループのメンバーが各々雑談に入ったとき、そっと視線を横に移すと、そこにはなにかを考えている様子の鏡二が目に入った。

「あの……どうかしましたか？　広田さん『境界線の向こう』はもう読まれましたか？　まだならぜひ読んでみてください」

本屋で同じ本を手に取るくらいだ。きっと本の趣味も似ているに違いないと思っていた。しかし、返ってきた言葉は思っていたものと違った。

「私は、鏡ヒロは読まないんです」

いつもと違う、突き放すような言い方に少したじろいでしまう。

「……そうなんですか。すみません。なぜか広田さんも好きだって、勝手に思い込んでました」

自分の思い込みを謝る。

「そんなに恐縮しないでください。私は今日、あなたを謝らせてばかりだ。もう、謝るのは終わりでお願いします。コーヒーおかわりしますか？」

飲み物は実費負担だ。一生懸命話をして喉が乾いていた。

「そうします。じゃあ次は……」

「アイス・カフェラテかな？」

先にメニューを当てられて驚いてしまう。

「はい。お願いします」

「ちょうど、私も同じものを頼もうと思っていたところなんです」

手を挙げてカフェの店員を呼ぶと、さっと注文をしてくれた。

それから、他のメンバーともいろいろと話をした。その内容は本にまつわることだけではなくて、どこのカフェが読書しやすいとか、どこの図書館の司書の特集のセレクトの趣味がいいとか、多岐にわたった。

初参加の小夜子も、それから鏡二も楽しい時間を過ごした。

解散となって、各々が支払いをするときになり小夜子は大事なことを思い出す。

「あ……、広田さん今日の分、わたしが払います」

「ん、どうしてですか？」

（覚えてないのかな？）

自分だけ覚えていたと思うと少し寂しくなった。

「あの、先日のランチ代出していただいたの、会計するときまで気がつかなくて、あっ！お礼もまだでしたね。その節はごちそう様でした」

「はい。どういたしまして。だけど今日のを小夜子さんが払うっていうのは納得できないな」

小夜子の申し出に眉間に皺を寄せて、反対をしている。

「でも、次はわたしが払わないと」

「あれは、私が、勝手にやってしまったことですから小夜子さんが気にすることはありません。だから今日私がおごられる理由にはならない」

押し問答をしていると弥生が割って入った。

「こんなところでなにやってるんですか？　ここのルールで各々の支払いは個人でやってもらうことになっています。今日はおふたりとも自分の分は自分で払ってください。で、次のデートで、小夜子さんが広田さんにランチをおごれば万事解決ですよね。あ、もちろんうちの店でね」

ちゃっかりと、店の利益まで確保しようとする弥生だったが、小夜子は彼女の言った〝デート〟という単語に激しく動揺していた。

（で、デートって……わたしと広田さんが？）

あたふたしている小夜子との横で、鏡二がまた小夜子を動揺させる言葉を口にした。

「じゃあ、仲本さんの提案を受け入れて、次のデートのときに小夜子さんにはおごってもらうことにします。それでいいですよね、小夜子さん？」

「は、はい」

（広田さんデートって……。っていうことは今度またふたりで会えるってことだよね？）

思わぬ展開にドキドキする。

（どうか口約束だけじゃなくて、実現しますように）

このときにはすでに、小夜子のなかに淡い恋心が芽生えていた。鏡二ともう一度ふたりっきりで会いたいと思うほどには。


カフェを出て、その場で解散となった。

「また、次回会いましょうね」

杖をついた三沢にそう言われて小夜子は「はい」と元気に答えた。いろいろな年代の人と趣味を通じて話をすることができる有意義な時間を過ごした小夜子は、できれば次回も参加したいと思っていた。

みんなが去っていくなか、小夜子も歩き出そうとする。しかしその腕を鏡二が摑んだ。

「あの、これ。読んでみたいって言ってましたよね？　持って帰ってください」

差し出された本は、鏡二がさきほど紹介した本だ。

「あの、はい。いいんですか？」

今から買って帰ろうと思っていたのだ。貸してくれるのはありがたい。

「はい。私が小夜子さんに読んでほしいんです。それに……」

言葉を区切ると、なにか思惑を含んだような視線を向けてきた。なぜだかその視線で背中にゾクリとしたものが走った。

「読み終わって返してもらうとき、また会う口実になるでしょう?」

(広田さんも、またわたしと会いたいと思ってくれてる?)

先ほどの視線の違和感などすっかり忘れてしまい、舞い上がる。

「あの、じゃああありがたくお借りします」

「どうぞ。できれば早めに読んでいただく方がいいですけど」

鏡二は大きな体を折りまげて、小夜子の顔を覗きこむようにした。

「そうですよね。大事な本ですから……」

「ちがいます。小夜子さんに会うのをそんなに長い間我慢できそうにないから。だからなるべく早く読み終えて、そこに挟んである電話番号に連絡くれるとうれしいです」

一気に体温が顔に集中するのが小夜子にはわかった。みるみる顔が赤くのなるのを誤魔化すことはできない。

「あの、わかりました。できるだけ早いうちにご連絡します」

恥ずかしくて目を合わせられない小夜子だったが、鏡二はそれを面白がってさらに顔を覗き込んできた。

「小夜子さんが私に会いたくて我慢できないって言うなら、別に本を読み終える前でもかまいませんよ。ではまた」

引き込まれそうなほどの笑顔を見せた鏡二は、小夜子の頭をポンっと叩きその場を去っていった。

（広田さん……またわたしと会いたいって……どうしよう！　どうしよう！）

鏡二の本の間に挟まれていたメモ用紙には几帳面な字で、十一桁の携帯番号が記されていた。

メモの字を見ているだけでも、心が浮き足立つ。小夜子はこれから始まるであろう鏡二とのふたりの時間に思いを馳せて、跳ねるように家路についたのだった。

第二章　引き寄せ体質の女

　秋の深まる時期になると、小夜子の所属している〝文化推進振興課〟は忙しくなる。一年を通していろいろと催しがあるのだが、なかでも秋や冬は市民の作品を展示する文化祭や、市の中央に位置する公園で市主催のクリスマス、新年のイベントなども行われる。

　それらすべてを小夜子のいる部署で取り仕切ることになっており、この時期は本当に多忙を極めていた。

　目下、小夜子と今野がふたりで取り掛かっているのは、市民文化祭で行われる作家の講演会だった。どんなに忙しくても小夜子はこの企画の担当から外れることは考えていなかった。なぜならその作家こそ小夜子がファンである〝鏡ヒロ〟だからだ。

　鏡ヒロの地元がこの市で、多くの人が読んでいる彼の作品のほとんどはここが舞台だった。

　作品の至る場所に市民ならばすぐに思い浮かぶような光景がたくさん書かれており、それが鏡ヒロの美しい言葉で彩られて、小夜子だけではなくこの土地になじみのあるものならば、誰でも自身の思い出と重ね合わせて胸に刻んだに違いない。

今野からこの講演会の話を聞いた時に、思わず「うそ！」と仕事中にもかかわらず声を上げてしまった。鏡ヒロの窓口である編集者との交渉は今野が担当しているが、会場の選定やビラやチラシ、ポスターの準備などはほとんど小夜子が行っていた。

ネット上で調べても顔写真の一枚も出てこない作家が初めて開く講演会だ。多くのファンが詰めかけることを考えると、当日の流れも重要になってくる。

普段行う講演会よりもかなり負担は大きい。しかし小夜子は、楽しみでしかたがなかった。

金曜日、会議室を独占して作業に没頭していた小夜子は定時がとっくに過ぎていることに気づかずに、出来上がったポスターを掲示してもらう施設の送付先リストを作成し、チェックしていた。

「ふ～」

一息ついていると、トントンと開けてあるドアをノックする音が聞こえた。振り返るとそこには今野が立っていた。

「お疲れ。どんな感じ？」

「リストは出来上がったんで、週明けに臨時職員さんに送付してもらいます」

プリントアウトした紙を今野に見せた。

「そろそろ時間も遅いから、今日はもう終わりにしたら？」

時計を確認して、驚いた。

「この仕事になると、すごい集中力だな」

今野は片付けをしている小夜子の隣の椅子を引き寄せて座ると、出来上がったポスターを眺めた。

「別にこの仕事だけじゃないですよ」

「そうか？　鏡ヒロのファンだからって、この仕事ばっかり頑張ってるんじゃないの？」

（頑張ってるってわけじゃないけど、でもやる気が違うのばれてる？）

「そんなことないですってば」

「まぁいいや。憧れの鏡ヒロに会えるんだから、そうなっても仕方ないか」

「そうですよ。少し大目に見て下さい」

トントンと資料を揃えて、パソコンの電源を切る。

「秋友が本を好きで作家に憧れるのもわかるけど、現実ではどうなの？　週末に残業して彼氏怒らない？」

（そういえば、今野さんとこういうプライベートな話するの初めてかも）

「彼氏なんてすいぶん長いこといませんよ。社会人になって仕事覚えるのが精一杯で」

「じゃあ、そろそろ仕事を覚えてきたころだし、恋愛にも本気になる予定？」

小夜子が抱えようとした、資料の束をノートパソコンと一緒に軽々持ってくれる。

「本気になるにも、相手がいないんじゃ仕方ないですよ、しばらくは仕事頑張ります」

　ふと鏡二の顔が浮かんだが、慌てて掻き消した。

「ふーん。そうか。まぁ俺はその方が助かるけど」

「はい、今野さん見習って仕事頑張ります」

　前を歩く今野の背中を見ながら小夜子が言う。

「……そういう意味じゃねーし」

「え？」

　今野がなにか口にしたのが聞こえたが、小さすぎて内容まで聞き取れなかった。

「なんでもない、こっちの話。あ、腹減らない？　飯でもどう？」

　突然の食事の誘いに戸惑う。おなかも空いているから行ってもいい。けれど……。

（明日は広田さんと会う約束してるんだよなぁ。早く帰ってマニキュアも塗りたいし……）

「なんか、用事あるのか？　もしかして実家に帰るとか？」

「まぁ、そんなところです。すみません、せっかく誘ってもらったのに」

　なんとなく誤魔化したことが気まずい。けれど職場の先輩に私生活についていろいろ言い訳するのも気が引ける。

「いいよ。急だったし。この間課長と行った焼き鳥屋、美味かったから誘おうかと思っただけ。次の機会に行こうぜ」

「ぜひ！」

断ったにも関わらず、まるで気にも留めていない様子の今野を見ていい先輩に恵まれたと小夜子は改めて思った。


翌日、休みの日にも関わらずいつも通りの時間に目覚ましをセットして小夜子は起きた。結局昨日は疲れて、お風呂に入るのが精一杯でマニキュアを塗ることもできずに、そのまま眠ってしまったのだ。

待ち合わせは駅前に十一時。それまで時間はたっぷりあるはずなのになぜだか気が焦る。目覚ましの音でベッドから飛び起きると、バスルームへ向かい身支度を始めた。

「あのワンピースにあの靴を合わせて……いや、ワンピースって気合い入りすぎかな」

ひとりでぶつぶつ言いながら、髪をとかす。

「せっかくだし、ちょっと巻いちゃう？　それくらいなら大袈裟じゃなくていいかな」

鏡を見ると、まだメイクもしていないが、鏡二との待ち合わせが楽しみなせいか頬が高揚していた。緩む頬は自分でもどうしようもなくて、だらしないと思うけれど緊張を保つことができない。

洗顔を終えるとキッチンに向かいカプセルをセットして熱いコーヒーを淹れた。それに冷たい牛乳をたっぷり注いで立ったまま一口飲む。

「おいし」

ドキドキと逸る気持ちを抑えながら、二人掛けの小さなダイニングに腰かけると気持ちを落ち着かせようとカフェオレを飲んだ。

（まさかこんなすぐに会えることになるなんて）

＊　＊　＊

小夜子は律儀に鏡二に借りた本を読み終えてから連絡した。中身が面白くあっと言う間に引き込まれ、仕事が忙しかったけれど三日ほどで読了してしまった。それからすぐに鏡二に電話をかけて、感想を伝えたのだ。

実はそのとき、本にのめり込み過ぎてその先についてなにも考えていなかった小夜子は、電話の終盤になって、本を返すので会いたいと言わなければいけないことに気がついた。

もともと男性との付き合いの経験も浅い小夜子にとっては、〝本を返却する〟という大義名分があったとしても、男性を自分から誘うのはとても難易度が高い。

「あの～えーと、それでですね」

それまで本の感想をまくしたてていた小夜子の態度が急に改まったのを聞いて、鏡二がクスクスと電話口で笑った。

『ではせっかくなので、その本の感想をお会いしてもう少しお話してもらおうかな？　そのときに返却していただければ構いませんから』

小夜子がなかなか切りだせなかった用件を、実にサラッと話題にしてくれた。

「あの、でしたらランチでもと思うですが、ご迷惑でしょうか？」

『いいえ。私は小夜子さんがその本を読み終わるのを待ちわびてましたから。今から飛んでいってお話を伺いたいくらいです』

「なっ……」

冗談だとわかっていても、免疫のない小夜子からすればうまく切り返すことができない。

『では、今週の土曜日はいかがでしょうか？』

鏡二から日付の提案がされて嬉しく思う。

さっきまで切り出せないでいたのに、あっと言う間に待ち合わせの日が決まった。

「あの、大丈夫です。お店はあのカフェにしますか？」

小夜子は弥生がいるカフェを提案した。

『あそこのオムライスも捨てがたいですが、駅の近くにある蕎麦屋もおいしいですよ。もしよろしければそちらで。そこなら仲本さんもいませんからゆっくり話もできますしね』

鏡二のその言葉に〝邪魔されたくない〟という意味が含まれているのではないかと思い、小夜子の心がくすぐられた。デートではないにしても小夜子としては好意を寄せている相手との時間だ。できれば人目を気にすることなくゆっくり過ごしたい。

「駅前に十一時に待ち合わせでいいですか？」

『かまいませんよ。では楽しみにしています。おやすみなさい、小夜子さん』

「おやすみなさい」

その日の夜は、目を閉じるたびに鏡二の『おやすみ』の声が耳に響いてなかなか眠れなかった。

＊　＊　＊

（あと数時間で会えるなんて……）

ぼーっと考えていて、はっと気がつき時計をみると、壁の時計の針はすでに九時半を指していた。

「えっ、どうして⁉」

これではマニキュアを塗る暇なんてとてもじゃないけどない。急いで着替えて、肩にかかる長さの髪を巻いた。それだけでもいつもの自分よりは幾分ましになった気がした小夜子は、鏡二との待ち合わせ場所である駅前に小走りで向かったのだった。

小夜子が到着したのは、待ち合わせ時間の五分前。すでに鏡二が待っていた。

「あの、お待たせしたみたいで、すみません」

「私もさっき来たところですので、気にしないでください」

鏡二が小夜子の方へ手を伸ばした。驚いて目をギュッとつむると髪がやわらかく撫でられた。

「こんなに急がなくてよかったのに。せっかくの可愛い髪が乱れてる」

（髪巻いたの、気がついてくれた……）

急いできたことも髪型がいつもと違うこと、どちらも気がついてくれた。

そのことが嬉しく、少し恥ずかしくて顔が赤くなる。

「あちらです。行きましょう」

歩き出した鏡二の横に並んで歩く。彼は時折小夜子の様子を確認して歩幅を緩めてくれた。横を歩くだけもこんなに心がふわふわするなんて小夜子は思ってもみなかった。

扉を開けて入ると店員に「いらっしゃいませ。広田さん」と声をかけられてそのまま奥の座敷に案内される。

「予約してくれてたんですか？」

「はい。人気店なんで入れなかったら困りますからね」

ふかふかの座布団に腰を下ろし座敷をぐるりと眺めた。縁側から続いている庭では綺麗な紅葉が楽しめた。何組か座れる座敷だったが、まだ時間が早いせいか他のお客さんは誰もいない。

久しぶりに会う鏡二もやっぱりかっこいい。庭を眺めている横顔をそっと見る。すると視線を感じたのか、振り返って小夜子を見て笑った。

「私の顔になにかついてますか?」

「い、いいえ。あの……広田さんはなにを召し上がりますか?」

鏡二の前にメニューを差し出した。

「私はここに来るといつも同じものを頼むことにしてるんですよ。天ざるです」

「小夜子さんはゆっくり見て決めてください」

いろいろあるが、結局どれがいいのか迷ってしまう。

「じゃあ、わたしも広田さんと同じものにします」

「わかりました。天ぷらもおいしいですから、間違いないですよ。では注文してしまいましょう」

鏡二はすぐに店員を呼んで注文をしてくれた。

「あの本、気に入ってくれたみたいで嬉しいです」

「寝るのも忘れて夢中で読んでしまって。仕事中ずっと欠伸(あくび)していました」

「それは、困ったな。あなたの上司に怒られてしまいそうだ」

肩をすくめるその様子がおかしくて、笑ってしまう。

「わたしSFってほとんど読んだことなかったんですね。でもすごく読みやすくて話の中にすっと入っていけました。この本もっといろんな人が読むといいのに。作家さん自体有名だからもっと売れててもいいと思うんだけどなぁ」

小夜子は思ったことを率直に話した。というのも鏡二ならばたとえ小夜子の意見が自分の考えと違うとしても、頭ごなしに否定をするようなことはしないだろうと思ったからだ。

「作家の名前が知られていても、全てが評価されるとは限らないからね。難しいですね」

（自分の好きな作品が理解されずに、嘆いてるのかな？）

「自分の思惑とは違うところが評価されたり、自分がいいと思ったものが酷評されたり。作家の仕事も因果なものですね」

庭先に視線を移すとそれ以上はなにも言わなかった。小夜子も無理に会話を続けようとはせずに、鏡二とともに庭を眺めていた。

「失礼します。揚げたての天ざるお持ちしました」

しばらくすると、ふたりの前に注文した天ざるが運ばれてきた。

「さぁ、冷めないうちに食べましょう」

「いただきます」

鏡二に言われて早速、天ぷらを口に運んだ。

「熱っ！」

「あまり、慌てないで。さっき揚げたてだって言ってたでしょう？」

眉根を寄せて水を差し出してくれた。それを受け取ってひと口飲むと今度は慎重にかじりついた。

「おいしい！　サックサクですね」

「ははは。そんなにおいしそうに食べてくれて嬉しいです」

小夜子が見ると、鏡二は蕎麦に箸をつけているところだった。蕎麦つゆに蕎麦をつけると、ズルズルと豪快な音をたてて一気にすすった。

「美味い。やっぱりこのあたりだとここの蕎麦が一番ですね。小夜子さん、お蕎麦も食べてみてください」

「あ、はい」

食べようとして小夜子は思いとどまる。どうやってすすっても音が出てしまう。

「蕎麦はやっぱり、こうやって音なんか気にせず一気にすするのが一番ですね」

そう言うと鏡二はさっきよりも豪快にズルズルと蕎麦をすすった。

（もしかして、わたしが困ってること気がついて……）

「ほら、小夜子さんも一気にどうぞ」

笑顔で促されて、小夜子も一気に蕎麦をすすった。

蕎麦のしっかりした歯ごたえと、豊かな風味が口いっぱいに広がった。

「はぁ、本当においしいですね。このあたりに住むようになって結構たちますけど、こんな素敵なお店知りませんでした」

「まぁ、この店は広告や看板一切出しませんからね。だからこそ今日はここに連れてきたかったんです。あなたがきっと気に入るだろうと思って」

「はい。とっても気に入りました。ありがとうございます」

自然と笑顔になってしまう。それはおいしいものを食べているからという理由もあるだろうが、一緒に食べている相手が鏡二だからというのも大きいだろう。

それからふたり、他愛のない話をしながら食事を続けた。そしてその他愛のない話をする時間が小夜子にとっては貴重な時間に思えた。

食事を終え、出された蕎麦茶と蕎麦饅頭で締めるころ、小夜子は本来の目的を思い出し、バッグを漁った。

「あれ？　えーと。ない……」

今日会うのは本を返すためなのに、どうやら小夜子は肝心のその本を忘れてしまったようだ。

「どうかしましたか？」

「あの……本を忘れてしまったみたい……です」

恥ずかしさと申し訳なさで、最後のほうは声が小さくなる。シュンと肩を落とした小夜子を見て鏡二は肩を震わせて笑った。

「そんなに恐縮しないでください。しかし私が思っているよりもずっとあなたは可愛らしい人だ」

(か、可愛らしいだなんて……)

失敗して笑われているにも関わらず、〝可愛らしい〟と言われて浮かれてしまう。

「思わず頭から、かじりつきたくなります」

「かじる?」

突拍子もない言葉が出て理解できない。

「ええ……あまり気にしないでください。ははは」

「あ、はい」

(でも、悪い意味じゃないよね……でもかじりたいって?)

前向きな小夜子は鏡二の言葉をいいようにとった。

「あの、申し訳ないんですがわたしのアパート、ここからそう遠くないんです。もしお時間があるなら寄っていただいてもいいですか?」

ちょうど駅よりも小夜子の部屋に近い位置に店がある。それならばやはり今日、本来の目的を果たしたほうがいい。

「別に他に用事はないから、かまわないですよ」

「なら、そうしましょう。お手数おかけしますがよろしくお願いします」

小夜子は立ち上がると早速会計を済まそうと伝票を探した。

「小夜子さん、お手洗い大丈夫ですか？」

アパートまでそう遠くはない。けれどそう言われると行きたくなるのが人間の不思議だ。

「あ、えーと。念のため行っておきます」

「ゆっくり行ってきてください」

鏡二の言葉に見送られながら、座敷を出てトイレに向かった。

（よかった。私ったら本を忘れるなんて……なんのためにここにきたのか）

手洗いを済ませて座敷へ戻ろうとすると、すでに鏡二は廊下で待っていた。なにやら女将さんと雑談をしているようだ。

「あの、お支払いを」

バッグからお財布を出そうとすると、鏡二がそれを止めた。それについで女将がわけを説明してくれる。

「お支払いはすでに広田さんにしていただきました。またおいでくださいね」

女将の言葉に小夜子は勢いよく鏡二の顔を見た。

「広田さん、今日は私が……」

話し始めた小夜子の口を彼の長い人差し指が、ツンとつついた。

「ついつい払ってしまったんです。次も小夜子さんに会えるっていう下心が財布の紐を緩めてしまいました」

「……っ」

（し、下心って……そんな輝くような笑みで、言う言葉じゃないと思うんだけど）

小夜子の心を射抜くのは簡単で、瞬時に耳まで熱がこもったように赤くなる。

「もう、そんな冗談言ってないで、次はわたしが絶対出しますから」

「はいはい。期待してますよ。でもお礼なら別の方法でしてほしいですね」

「あ、なにかリクエストがありますか？　わたしにできることならなんでも」

「……なんでもですか。その言葉、忘れないでくださいね」

いやに念を押されて驚いたが、小夜子は「はい」と笑顔で応えた。

「無防備この上ないですね……」

鏡二がつぶやくのが聞こえたが、声が小さくて小夜子は聞き取れない。

「なにか言いましたか？」

「いいえ。私の独り言ですので気にしないでください」

さらりと髪を撫でられた。その感触が心地よい。

女将に見送られて店を後にし、歩き始めてすぐにお礼を言う。

「あの、素敵なお店に連れて行ってくれてありがとうございました。それと、ごちそうさまです」

「気に入っていただけたようで、私も嬉しいです。よかったらまた一緒に行きましょう」

「はい！」

自分が思っていたよりも元気良く返事をしてしまった小夜子は、口元を抑えた。そんな彼女の様子を見て鏡二はクスクスと笑う。

「あの、広田さんって笑い上戸ですか？」

突然の質問に鏡二はきょとんとした顔をする。

「そうですか？　今まで意識したことも言われたこともないんですけれど」

「だってさっきから、ずっと笑ってるような気がして」

今日は特になにかある度に肩を震わせているような気がする。そんな姿を見るのも嫌ではないのだけれど、いつもは大人に見えた鏡二の印象が今日一日で少し変わった気がした。

「それならば、きっと小夜子さんのおかげでしょう。あなたの行動がいちいち私のツボに入ってしまうんです」

「ツボにですか……？」

（いったいどういうところが？　っていうか喜んでいいのかな？）

複雑そうな顔をしていると、それを見た鏡二がまた笑い出す。

「ははは……その顔も可愛らしいですね。なんというか、あなたは本当に私を飽きさせない天才です」

「それって、褒めてくれてますか？　それとも遠回しにバカにしてますか？」

さすがに気になって聞いてしまう。

「不快にさせたのなら謝ります。ただ私はあなたといると楽しくて仕方ないのです。これでご理解いただけましたか？」

「……はい」

いきなりはっきりと言われると、それはそれで恥ずかしいものだ。また顔を赤くしていると、鏡二がポケットから小さな丸い缶を取り出した。

「不機嫌にさせたお詫びに、いいものをあげます。口を開いてほら、あーん」

「あーん」

素直に大きな口を開く。女性としては少しはじらいが足りないかもしれないが、急に言われて勢いでそのまま口を開けてしまう。すると口になにかが放りこまれた。

「ん？　飴……」

口に含むとすぐに溶けて、中に入っていたリキュールが口の中に広がった。すごく印象的な口当たりだ。

「美味しいです。初めて食べました。このお酒は……」

「コアントローですよ。関西にあるお店の飴です。なかなか手に入らないんですよ。小夜子さんには特別です」

〝特別です〟。こんなふうに耳に心地よい言葉を今日は何度も聞いた。そのたびに、さわさわと胸がざわめく。それは小夜子のなかに蓄積されてひとつの思いを作り上げていく。

「ありがとうございます。おかげで機嫌がよくなりました」

「そうですか、それはよかった」

笑顔の鏡二と一緒に、小夜子は自宅アパートを目指した。

「あれ……日向？」

アパートの駐車場を横切ろうとしたとき、壁にむかってボールを蹴る弟の姿を見つけて小夜子は驚いた。

日向も気がついたのか、小夜子の顔を見てパッと笑顔になる。しかしすぐに横にいた鏡二の姿を見つけて、軽く会釈をした。

「あの、すみません。弟なんです。なにかあったのかな？」

今日は約束をしていなかったはずだ。近づいて話を聞く。

「どうしたの？　急に。サッカーの練習は……？」

小夜子の問いかけに、日向は俯いた。話を聞くために声をかけようとする小夜子を、鏡二が首を振って止めた。

「小夜子さん、本を取ってきてくれますか？」

「あの……」

戸惑っている小夜子に、鏡二は頷いて行くように促した。顔は笑顔だったけれど有無を言わせない様子で、小夜子はそれに素直に従った。

（たしかに、広田さんに先に本を返したほうがいいよね）

アパートの階段を上っていると、鏡二と日向がなにかを話している姿が目に入った。

鍵を開けて急いで部屋に入る。

「あれ、どこだっけ？　朝バッグに入れようとして」

散らかっているわけではないが、焦っていて本をどこに置いたかをうまく思い出せない。あちこちに視線を巡らせて、リビングのテーブルの上にあるのに気がついた。それを本が入るサイズの紙袋に入れて、急いで部屋から出る。

（結構時間がかかっちゃった……急がないと）

階段を降りていると、鏡二が日向のサッカーボールをリフティングしている姿が目に入った。

（広田さん、サッカーできるんだ……）

あまりスポーツをするイメージがなかったので、そのギャップに驚いてしまう。しかもそのフォームはなかなかのものだ。両足を器用に使って一定のリズムでポンポンと軽快にボールを蹴っていた。日向はその横で数を数えていたが、ある種の尊敬がその視線に含まれているように見える。

「もうすぐ二百回ですけどまだ続けますか？」

「もういいよ。サッカー経験者だったなんてズルい」

鏡二の声に日向が答えた。

「じゃあ、賭けは私の勝ちですね」

「うん。男の約束は守る」

鏡二は額に浮かんだ汗をそっと手の甲で拭うと、階段に立ってふたりを見ていた小夜子に気づき、軽く手を挙げた。

そこで我に返った小夜子は急いで階段を降りて、バッグの中からハンカチを出して鏡二に手渡した。

「あの、すみません。日向がなにか無理を言いましたか？」

「いいえ、久しぶりにボールに触りたいと言って無理を言ったのは私のほうですよ。こう見えても中・高とサッカー漬けの毎日だったんです」

鏡二のユニフォーム姿が浮かんできて、なんとなく不思議な感じがした。

「久しぶりにやると、なかなか難しいものですね」

そうは言うけれど、遠くから見ていても華麗な足さばきで、息も乱れていない。

「あの、これお借りしていた本です」

この時点でやっと本来の目的を果たせた。

「はい。わざわざありがとうございます」

「あの……お茶でもと思ったんですけど、弟がですね……」

チラリと日向を見ると、バツが悪そうに頭を掻いた。

「お気になさらずに、あなたの部屋に入ると昼間から変な気を起こさないとも限りませんしね」

こっそり耳元で小夜子にだけ聞こえるようにささやいた。

「もう……冗談ばっかり」

唇を尖らせる小夜子の耳元に、鏡二の形のいい唇が寄せられた。

「私は本気のつもりですが。でも今日はおいとましますね」

……ドクンと心臓が音を立てたのがわかった。「日向の前なのに」と思う気持ちと「もし部屋に上げていたら、どうなっていたのだろう」という好奇心が胸に渦巻いた。

「では、さようなら」

鏡二は小夜子と日向ふたりに視線を合わせた後、去っていった。

「おじさん、またなー！」

「ひ、日向っ！　お兄さんでしょ。どう見ても」

焦る小夜子に日向がきょとんとした顔で返す。

「まだ結婚してないんだから〝義兄さん〟は変だろ？」

弟の素っ頓狂な言葉に恥ずかしくなる。

「あの、わたしと広田さんとは、まだそう言うんじゃ……」

「まだって、いつになればそうなるの？」

十二歳にもなればしっかりと弁がたつ。これ以上話をして墓穴を掘ってしまってもいけないと思い、日向を部屋に入れることにした。

「で、広田さんとなんの話をしたの？」

「男と男の話だ。たとえ姉ちゃんでもそれは言えない」

「そうなの？　で今日はどうしたの？」

きっと母親と喧嘩でもしたのだろう。

「それもういい。広田さんと話してたら、なんかすっきりした。それに大事な約束もしたし」

「え？　なんの約束？」

「だから、男同士の約束は言えないって何度言ったらわかるんだよー！」

ついこの間まで、小夜子の後ろをよちよちついて来ていたのに、いっぱしの男のような口の利き方をする弟の頭をコツンとたたいて、部屋の中に招き入れたのだった。

　それから三度ほど、小夜子と鏡二は一緒に過ごした。一度目は最初にふたりが出会った本屋で待ち合わせて、弥生のいるカフェでお茶を飲んだ。そして二度目は、読書会で他のメンバーとともに過ごした。

　そして三度目は鏡二が人にあげるプレゼントを一緒に選ぶことになり、名刺入れ探しを手伝った。

　日曜日の夕方、大手百貨店の名刺入れを扱うコーナーをふたりで訪れて、クリーム色の名刺入れを買い、ラッピングしてもらった。

「はぁ、やっぱりついてきてもらって助かりました。実はある人の名刺入れにコーヒーをこぼしてしまいまして。早く弁償しないといけないと思っていたのですが、店員さんとのコミュニケーションが苦手で……。結局なにも買えないまま店を出ることもあるんです」

　たしかに洋服を買うときなど、店員とのやり取りを苦手とする人もいるだろう。小夜子はわりと平気なほうで、買い物を店員に手伝ってもらい、助かることも多い。

　困っている鏡二を想像するとおかしくなり、クスクスと笑った。

「そんなにおかしいですか？」

「すみません。なんだか焦ってる広田さんってどんなんだろうって想像すると……ふふふ」

あたふたしている鏡二が目に浮かぶ。

「そんなに笑うようなら、お礼に食事でもと思っていたんですけど、やめておきましょうか？」

「行きます！」

咄嗟に鏡二のはおっていたジャケットを、小夜子が摑んだ。

「冗談ですよ。私の買い物に付き合わせたんですから、今日はご馳走させてください」

笑顔で小夜子の頭をポンっとひとつ叩いた。

（私ったら、必死すぎて恥ずかしい。でもせっかく会えたんだからもう少し一緒にいたい）

ジャケットをつかんだままだったことに気がついて、パッと離す。しかし今度は逆にその手を鏡二が握り締めてきた。

「危ないです」

鏡二がそう言うと同時に、小夜子の脇を自転車がすり抜けた。鏡二に気を取られていたせいで不注意になっていたようだ。

「ありがとうございます」

「では、行きましょうか」

歩き出した鏡二は小夜子の手をつかんだままだ。そして店に到着するまで、そのままふたりの手は繫がったままだった。

特別ご奉仕！
ご愛顧ありがとうございます！
大感謝祭
特別特大セール！
各階
MATSUKOSHI
山乃楽器

「ここ、結構美味しいんですよ」

連れてこられたのは、こぢんまりとした小料理屋だった。

カウンターと小上がりの小さな座敷がひとつほどの小さな店内だったが、新しく清潔な印象だった。鏡二が暖簾をくぐるとすぐに威勢のいい「いらっしゃいませ」が聞こえてきた。

「奥、大丈夫?」

「あぁ、広田さん久しぶりだね。奥どうぞ」

カウンターの中から、板前がこちらに笑顔で声をかけてきた。鏡二の陰にかくれていた小夜子に気がつくと、軽く頭を下げた。

「こんばんは」

小夜子もそれに合わせて頭を下げた。

「さぁ、小夜子さんこっちです」

軽く背中に手を当ててエスコートしてくれる。先に小夜子に靴を脱がせて奥の席につかせた。

「注文は私にまかせてもらっても、いいですか?」

「はい。おまかせします」

何度か食事をするうちに鏡二の食事の好みは、小夜子と似ていることに改めて気がついた。だから鏡二の勧めるものにハズレはないと確信している。

「お酒もイケますよね？　なにを頼みますか？」

「嗜む程度ですよ。最初はビールで」

小夜子の注文を聞いてそれをもう一度きちんと、和服の従業員の女性に伝えた。オーダーを取り終えた従業員がいなくなると、小さな座敷にふたりきりになる。

「このお店も初めて知りました。なにがお勧めなんですか？」

「この店で一番美味いのは、おでんなんです。注文したので楽しみにしてくださいね」

話をしていると、小夜子のお腹が音を立てた。

「ははは。小夜子さんと一緒で正直なお腹ですね」

（はぁ……私ってばタイミング悪すぎ）

恥ずかしくて俯いていると、救世主のように注文したビールが運ばれてきた。お通しはキノコをマリネしたものだ。

グラスを持った鏡二が目線の高さにグラスを掲げた。

「素直な小夜子さんのお腹に乾杯」

からかうような視線を向けて小夜子に言う。

「意地悪な広田さんの口に、乾杯」

負けじと小夜子も言い返した。

ふたり笑い合ったあと、もう一度「乾杯」とお互い声をかけてひと口目を飲んだ。

冷たいビールが喉を抜けた。唇についた泡をハンカチで拭い、グラスをテーブルに置く。

「そういえば、次の読書会の案内きてましたよね？　広田さんは参加されるんですか？」

今日会ったときに聞こうと思っていたことを尋ねた。

「それなんですが、実はこれから仕事が立て込んでいまして、今回は欠席です」

（忙しくなるんだ……っていうことは、こんな風に会える時間も少なくなっちゃうんだ）

「そうなんですか……残念です」

「本来ならば、すでに終わっている仕事がまだ残っていまして」

（そういえば広田さんってなんの仕事してるんだっけ？）

「あの、広田さんって……」

「失礼します」

尋ねようとした小夜子の言葉は、料理を運んできた店員の声に消された。

「お待たせしました。こちらトマトのおでんになります」

「トマト⁉」

驚いた小夜子の顔に鏡二は満足そうだ。

「うちの一番人気なんですよ。どうぞ召し上がってください」

「どんな感じなのか、楽しみです」

トマトに続いて、定番の大根や卵、変わったものではカブなどのおでんも運ばれてきた。小夜子の好きなはんぺんもあり、トマトの次はどれから食べようか真剣に悩むほどだ。その他にも、里芋のグラタンや鮭の南蛮漬けなど美味しそうなおばんざいが並ぶ。

「どれもおいしいので、早く食べましょう」

鏡二の言葉に「いただきます」と言って、箸を伸ばした。

「小夜子さん、トマトは熱いですからスプーンを使って食べてください」

どうやって食べようか悩んでいたら、すかさずスプーンが差し出された。お店の人も鏡二が一緒だからか、詳しく説明はしなかったのだろう。

スプーンを受け取り、丸のままのトマトを割る。じゅわっとトマトの汁が溢れて、おでんの澄み切った汁の色を変えた。

口に含むと、やわらかい酸味とさっぱりとした出汁の味が口の中に広がる。小夜子は自然と手を頬にあてて「んー！」となっていた。

「そんな顔するほどおいしいですか？」

「おいしいですけど……そんな変な顔してましたか？」

「いいえ。連れてきてよかったと思えるほど素敵なお顔でしたよ」

端整な顔が笑顔で崩れる。しかしそれが魅力的でじっと見てしまいそうになる。

（素敵なのは、私じゃなくて広田さんなのに）

ニコニコと笑い、まっすぐに小夜子の顔を見つめる鏡二。

「そんなに、見られると緊張してしまいます」

「すみません。私のことなら気になさらずに、どうぞ食事を続けてください」

気にするなと言われて、意識しないでいられる人が世の中に何人いるだろうか。それからも小夜子は、目の前の鏡二の視線をたびたび意識することになった。

（こうなったら、景気づけに……）

いつもよりもハイペースでビールを飲みほすと、おでんに合うからと勧められるままに冷酒を飲んだ。鏡二の言う通り口当たりが優しくてとても飲みやすい。

「わたし、日本酒はあまり飲まないんですけど、これならいくらでも飲めそうです」

緊張も手伝って、お酒がすすむ。

「美味しいですけど、酔いやすいですから気をつけてくださいね」

「はい、気をつけます」

（でも、ちょっと飲みすぎたぐらいが今日はちょうどいいかも）

最初は鏡二のことを意識していた小夜子だったが、アルコールのおかげかいつもよりも饒舌になっていた。それを受けて、鏡二も言葉数が多くお互いの笑い声が絶えない食事だった。

（楽しい！　それに今日は広田さんと距離が近づいた気がする）

今までと比べると格段に相手のことを近くに感じる。小夜子は鏡二も同じ思いであってほしいと思う。

「少し……いや、かなりプライベートな質問をしてもよろしいでしょうか？」

唐突に鏡二が切りだした。

「はい、あのお答えできることならば答えます」

もともと単純な性格の小夜子だ。別に隠しておくようなことはない。

「小夜子さんは、今お付き合いされている人はいないようですが、いかがですか？」

ストレートすぎる質問に、思わず小夜子が息をのんだ。

「……あの、はい。いません」

一呼吸ほどあけて小夜子が答えた。

「お見受けしたところ、今まで男性との深いお付き合いもあまりないのではと、失礼ながら思っているんですが」

「はい、そうですね」

（男慣れしてないのなんて、広田さんみたいな大人の男の人が見たらすぐにばれちゃうんだろうな）

別にここで、見栄を張っても仕方がない。事実なのだから「はい」としか答えようがない。

手持ち無沙汰になって、行儀悪く料理を箸でツンツンとつついてしまう。

「……その理由をお聞かせ願えませんか?」

「理由ですか?」

小夜子の言葉に、鏡二が首を縦に振った。

(どうしよう。正直に言うべきなのかな。それともうまく誤魔化すべきなのかな……?)

鏡二は小夜子の顔をじっと見つめている。

少なくとも小夜子にとって鏡二はすでに恋愛の対象となっていた。そんな相手に嘘をついて誤魔化して、相手がそれに違和感を抱いてしまっては元も子もない。自分自身、嘘が下手だということは、よくわかっていた。

(でも、あの話を広田さんにするには、勇気がいる。こんなことなら、あと二杯くらい冷酒を煽っておくんだった)

逡巡している小夜子を見て鏡二は言いづらいことがあるのだと気がついたようで、ひとつの提案をしてきた。

「無理強いをするつもりはありません。ですが私が知りたいと思うのも事実なのです。それであなただけ秘密を話すことに抵抗があるならば、私もひとつ秘密をあなたにお話ししようと思います」

「……広田さんまで、秘密を?」

正直鏡二の〝秘密〟というものに興味がでてきた。それは自分の話をするリスクを置いても知りたいと思うほどだ。

(誰も知らない広田さんの秘密を、わたしに話してくれるんだ)

それだけで自分が特別な存在だと認められたような気がする。

ほのかに思いを寄せている相手にそこまで言われたら、断りようがない。小夜子は意を決して自分の過去の恋愛について鏡二に語ることにした。

ぐっと膝に置いた手を握って話し始めた。

「あの、わたし広田さんのおっしゃる通り男性との交際の経験はあまりありません。それに……」

ここから先は言わなくていいことかもしれない。

(でも、ここまできたら全部話しちゃおう)

しかし今まで悩んできたことを話せば、一歩先に進めるかもしれない。そんな〝あわよくば〟を胸に小夜子は静かに聞いている鏡二に思い切って話す。

「実はわたし……男性との深い関係というか、男女のそういう経験については〝まっさら〟なんです」

ごくりと息をのんで、鏡二の反応を窺う。

(この歳になって、未経験とか……引くよね？　やっぱり言うべきじゃなかった)

すぐさま胸の中に後悔が渦巻く。目をギュッとつむって覚悟を決めた。しかし鏡二から発せられた言葉は、小夜子が思っていたものとは違った。

「〝まっさら〟ですか？　大変興味深いですね」

口角をあげてニヤリと笑う。普通ならそのなにか企んでいるような顔に気がつくだろうが、小夜子は自分の秘密を話したことばかりに気を取られて、鏡二の様子には気がつかなかった。

（興味深い？　処女が？）

もしかしたら〝まっさら〟の意味が通じていないのかもしれないと思い確認する。

「あの私の言う〝まっさら〟の意味、わかってますか？」

真剣に尋ねる小夜子に鏡二が答えた。

「理解しています。〝処女〟ってことですよね？」

「そ、その通りです……」

小夜子の頬がみるみる赤くなる。恥ずかしくて俯かずにはいられない。

（そんな、しっかりバッチリ言わなくてもいいのに……）

「あなたは、どこまで私の好奇心を煽れば気がすむのですか……」

ぼそぼそと鏡二が小さな声で呟く。小夜子はきちんと聞き取れない。

「あの？」

「いえ、こちらの話です。では、せっかくなのでそのような状態に至った経緯をお教えいただければと思うのですが」

（け、経緯……。エッチに関する話をこんなふうに広田さんにすることになるなんて）

先ほど覚悟したつもりだったのに、いざ詳細を話すとなるとやはり決心が揺らぐ。

鏡二の意図することがわからないが、真剣な顔を見ればからかっていないことはわかる。

「男性とお付き合いしたことはあるんです。あっ、もちろんそういうチャンスがなかったわけではなかったんです。でも……」

「でも、いざとなるとできなかった？」

小夜子は頷いて答えた。

「今までふたりの人とそういう雰囲気になったんですが、どうしても無理で」

どうやってオブラートに包むか小夜子が考える。しかしそれよりも鏡二にうまく話を誘導されてしまう。

「それは、小夜子さんが原因で？」

「あの……そうと言えばそうなんですが、わたしがもっと我慢をすればよかったのかもしれません。でもそういうときにあんなことを男の人に要求されるなんて話、聞いたことがなかったので」

小夜子の言葉に鏡二が訝しげな表情を浮かべた。

「ある程度の知識はお持ちなのですよね？　しかしその想像の範囲を超えていたということですか？」

コクコクと頷く。そんな小夜子を見て鏡二は腕を組んだ。

「もしかして、今まで誰にもこの話をしてないのですか？」

「はい……恥ずかしくて。もしかしたらわたしの知っていることの方が普通じゃないのかもしれないと思って」

「普通ねぇ……たしかにこういうことの普通の定義は難しいですから。あなたにとってその普通でなかったことを聞きたいですね。ふたりいてふたりともとなると、あなたの認識も確認しておく必要がありますから。まさか、キスしたらコウノトリが来るなんてことは……」

「まさか！　いくらわたしでもそこまでは」

慌てて否定した小夜子を見て、鏡二は安心したような表情を浮かべた。

（もう、全部話してしまおう。オブラートに包んで話をするなんてことは無理だもの）

小夜子は目の前にあった冷酒を一気に煽ると、今までの男性とのあのときの出来事を話したのだった。

＊　＊　＊

小夜子にひとり目の彼氏ができたのは短大に入ってすぐだった。バイト先のファミレスで働くひとつ年上の彼。付き合ってすぐにキスまでは進んだけれどそれから八ヶ月間ふたりの関係はキス止まり。

それに対して不満があったわけではないが、ようやくそういう雰囲気になって初めてのホテルでのお泊りの時、小夜子は衝撃を受けた。

「俺がするのを、そこで見てほしい」

部屋に入るなり、服を脱ぎ始めた彼に違和感を覚えてはいた。しかしその言葉に小夜子は固まってしまう。

（見るって……、彼がするのを？）

固まったままの小夜子の前で、彼は彼自身を昂ぶらせそして鼻息と呼吸を荒くする。時々盗み見る様に小夜子に視線を向けた。何度目かの視線を感じたときに、小夜子は無言でその場を立ち去った。その部屋に入るまでは彼氏だと思っていた男が引き止める声を振り切って。

そしてふたり目は、社会人一年目の時。短大の友人の紹介で知り合った男性だ。税理士をしながらダブルスクールで講師を務める男性は小夜子よりも十歳ほど年上で、なにかにつけて小夜子をリードしてくれるタイプだった。

小夜子も社会人になりたてで仕事のできる男性に憧れていた。

以前のトラウマから、引っ張っていってくれる年上の男性ならばどんな場面においても、彼にまかせておけば大丈夫という安心感があった。

しかしその時になって、事件が起きた。それはクリスマスの日。他の恋人たちと同じように食事を終えて、彼が予約していたホテルの部屋で過ごすことになった。

部屋に入るなり、男は小夜子の足に縋り付いてきた。

「ひっ……！」

それまで頼りがいのある男だと思っていたのだ。とんだ豹変ぶりに驚くのも無理はない。

しかも男は器用に小夜子の足を触りながら、服をぬぎ靴下だけを身に着けた恰好で小夜子のヒールの靴を舐めていた。

（き、汚い！）

「さ、小夜子ちゃん……思う存分、このヒールで俺を踏みつけてくれないか？」

「は？」

目が点になるとはこのことだ。相手の言っていることが全く理解できない。

「あぁ……やっとこの足に触れることができた。さぁ、手加減なんてしなくていい。思い切りこの俺をいじめてくれ!!」

背の小さいのを気にして、社会に出てからは少しでもできる女に見せたくて、常に高めのヒールの靴を履いていたのが仇になったようだ。

自分に縋り付いてくる男を振り払うために、足を思い切り振りあげる。その足が相手の男の顎を直撃した。

「だ、大丈夫ですか？」

心配したが、直後そのことを後悔する。

「あぁ。上手だよ小夜子ちゃん。やっぱり君は俺の見込んだ女だ」

「とんだ見込み違いです！」

男の恍惚とした表情に恐れをなした小夜子は、またもや逃げるようにして部屋を飛び出した。

そのとき悟ったのだ。自分はそういう男を引き寄せてしまうのだと。そしてそれ以降これらの出来事がトラウマになって、甘い恋の延長上にある男性との行為が怖くなってしまった。ゆえに、恋というものから距離をおいていた。鏡二に会うまでは。

＊　＊　＊

長い話を終えると、鏡二の反応が気になる。

彼は、なにかを考えるように腕組みをして話を聞いていた。

「それはまた……初めての女の子には厳しい話ですね」

「やっぱりそうですよね⁉」

鏡二の同意を得られた小夜子は嬉しくなって、前に乗り出してしまう。

「男というものは、程度の差はあれど、みんな変態です。ですからそういう思考を持っていたとしても、まぁ仕方がないんですけど」

「みんな変態……」

衝撃的な言葉すぎて、思わずリピートしてしまう。

「そうです。それは否定しかねます。ですがそれは独りよがりであってはいけないものなんです。相手も一緒に楽しめることがスタートラインですから。ですから小夜子さんがとった行動は間違ってはいません」

安心していいのか悪いのか複雑な気分だ。

「小夜子さんはそのトラウマを乗り越えたいと思っているんですよね？」

「はい。できれば普通に」

（できれば、広田さん相手がいいです。なんて言えるわけないけど……）

「そうですか……」

次に続く鏡二の言葉に小夜子は期待を寄せていた。

「あっ……次は私の秘密を話す番ですね。しかしここで話をするのは少し難しいですね。

もし小夜子さんがＯＫしてくれるなら、私の部屋へ来てもらいたいのですが、いかがでしょうか？」

「部屋ですか……？」

はぐらかされたような気がする。なんだかモヤモヤしたが、そこでしか鏡二は秘密を話すことができないというならば仕方ない。小夜子の中でその秘密を知らずに帰ることなどできないほど好奇心が疼いていた。

「あの、わかりました」

小夜子が返事するとともに、鏡二が立ちあがった。支払いもせずに「では、また」とだけ言い、店を出る。

「あの……お支払いは？」

「いいんですよ。そんなこと気にしないで。それよりもこっちです」

自然と手を引かれる。

夜分に男性の部屋へ行くことに抵抗がないわけではない。けれど抑えられない好奇心と『彼ならばすべてを差し出してもかまわない』という思いが心のどこかある。

ドキドキしながら鏡二の背中を追う。冷たい夜風が小夜子のアルコールで火照った体を幾分冷やしてくれた。

鏡二に手を引かれてたどり着いたのは、シックなタワーマンションだった。前を通るたびにどんな人が住んでいるのか、気になっていた新しいマンションだ。

鏡二がエントランスでキーをパネルにかざすと、すぐに目の前の大きな自動ドアが開いた。そのシステムに驚いて目をぱちくりさせていると、彼の大きな手が小夜子の背中を軽く押して誘導してくれる。

「す、すごいですね」

「そうですか？　ドアを解錠すると、エレベーターも呼んでくれるから便利は便利です」

（そんな機能まであるの？　私のアパートなんて階段なのに）

大理石の床を進むと、ホテルのチェックインカウンターのようなものがある。そこには綺麗にスーツを着こなした女性がいて「おかえりなさいませ。広田様」と声をかけてきた。

（これって、コンシェルジュだよね……）

自分の住んでいる環境と違いすぎて驚いた。扉の開いたエレベーターに乗り込むと鏡二の長い指が二十三階のボタンを押した。

「あの広田さんっていったいどんなお仕事をされてるんですか？」

「あれ？　前に言いませんでしたか？　自由業だって」

（自由業にもいろいろ仕事はあると思うんだけど）

「仕事の他に株なんかも結構いじってます」

詳しく尋ねようと思っていたが、エレベーターが到着してその機会を逃した。先に降りた鏡二はダークブラウンのドアに鍵をかざして、小夜子を部屋へ招き入れた。

目の前には絨毯の廊下が奥まで続いている。その先にどんどん進んでいく鏡二について行く。廊下には絵が掛けられていたが、それを見る暇もなくリビングに案内された。

「ソファに座ってください。コーヒー飲みますよね？」

「あ、はい」

あたりを見渡してみる。リビングのガラスの向こうには広いベランダが見えた。ガーデン用の椅子とテーブルが置いてある。

壁の一部が本棚になっていて、さまざまな本が整然と並んでいた。近づいて本を見てみたいが、ソファに座っているように言われたのに勝手にウロウロするのも気がひけた。

カウンターキッチンを見ると、鏡二がなにかを探してキョロキョロしている姿が目に入る。

「あれ、えーっと。どこかなぁ……。予備があったと思うんだけど。こっちじゃないか」

「どうかしましたか？」

立ち上がって声をかけると、鏡二が頭を掻きながらキッチンから顔をだした。

「いや、コーヒーの粉を切らしたみたいで。実は私、家事は一切ダメなんですよ。普段はお手伝いの人に任せっぱなしなんです。申し訳ないですけど、アイスコーヒーでもいいですか？　それなら注ぐだけなんで」

なんでも完璧に見える鏡二の意外な姿を見て、それまでの緊張が幾分か緩んだ。宣言通りグラスにアイスコーヒーをそそぐと、小夜子の前のテーブルに置いてくれた。

「冬でも、アイスコーヒーなんですね」

十月にもなれば、ホットコーヒーを好んで飲む人の方が増える。しかし鏡二はアイスコーヒーを常備しているようだ。

「実は、猫舌なんです。だから真冬でも飲み物はすべてアイスです」

ふと思い返してみると、さっきのおでんにもなかなか箸をつけていなかった。

「そういうことだったんですか。だから……おでんも。ふふっ」

「笑わなくてもいいでしょう。人間苦手なもののひとつやふたつあるものなんですから」

拗ねた表情を見せて、アイスコーヒーを飲んだ。その表情さえも小夜子にとっては新鮮だ。

部屋を訪ねただけで、彼に関する新しい発見があることが嬉しい。

「もしかして、広田さんの秘密って……このことですか？」

小夜子の決死の告白と比べると、たいしたことのないように思うが本人にとっては知られたくないことかもしれない。しかし鏡二は意外なことを言い出した。

「今からふたりで読書会をしませんか？　と、言っても私のお勧めする本を小夜子さんが読むだけなんですが」

（読書会と秘密といったいどんな関係があるんだろう……？）

「別に、構いませんけど」

腑に落ちないが、できない事ではない。それに鏡二が勧める本にも興味がある。てっきり壁の本棚の中の一冊を読むのだと思っていたが、彼は奥の部屋へ行き手に大きなクリップで留められた資料のようなものを持ってきた。

「これを、あなたに読んでいただきたいのです」

差し出された紙の束を受け取る。

「本じゃないんですね？」

「まだ、本ではない……が正確な表現ですね」

（まだ……いったいどういう意味だろう）

パラパラとめくり冒頭を読む。どういうジャンルの話かもわからない。

「実はそれを書いたのは私なんです」

「そうなんですか」

文章の中に入りこみかけた状態で聞いた小夜子は最初それを聞き流したが、頭の中でその意味を理解して「えー！」と立ち上がり大きな声を上げた。

「広田さんが……これを⁉」

「はい。私がそれを」

　笑顔でうんうんと頷いている。

「一応、物書きを生業としているので」

「え？　じゃあ作家さんなんですか」

「そうなりますね」

「確かに自由業だけど……まさか作家さんだったなんて。すごいですね！　こんな身近に作家さんがいるなんて」

　思わず興奮してしまい、渡された原稿を抱きしめる。

「別にすごくはありません。現に今ひどいスランプでもう何ヶ月も放置している作品もあるんです……」

　急に思いつめたような表情になる。

「このままでは、筆を折ることになりかねない状況ですから」

「そんなっ！　作家としての道がもったいないです！」

　小夜子のような素人が口を出せる話ではないことはわかっている。しかし鏡二の本を楽しみに待っている人は多いはずだ。小夜子自身も好きな作家の新作を心待ちにしている。

「それに、待っている人もたくさんいますよ。本だけはたくさん読んできたので、私にできることがあれば協力します」

「本当ですか？　実は今度の作品に出てくる女性が小夜子さんによく似てるんです」

「私にですか？」

「はい。ですからあなたがこの作品に出てくる女性なら、どういうふうに思い、どう感じるのか教えてほしいんです」

小夜子の両肩に鏡二の大きな手のひらが乗せられた。そしてゆっくりとソファに座るように促される。

「わたしなんかで大丈夫なんですか？」

「小夜子さんしかできないことです。お願いできますか？」

真剣な眼差しで見つめられ、小夜子は頷くことしかできない。

（広田さんのためになるなら。それに、どんな小説を書いているのか、楽しみだし）

親切心と好奇心がまざった気持ちで、鏡二の書いた話を読み進める。しばしば既視感のある文章に少し引っかかったが話が進むにつれてのめり込んで、そんなことも気にならなくなった。

（こんな文章書けるなんて、広田さん……すごいなぁ）

しかしこの後すぐに、小夜子はこの安請け合いを後悔することになった。

第三章　秘密の読書会

(えっ……これって)

それは第一章が終わったところだった。思いがけないフレーズが続いたので、驚いて何度か前後の数ページを読んでみるが、目の錯覚ではないようだった。

(もしかしてこれって……官能小説？　でもここだけかもしれないし)

そう思い先を読み進めようとするが、見慣れない言葉に目がチカチカし、頬が高揚してくる。それというのも、原稿を読んでいる小夜子をじっと鏡二が見つめているからだ。

そちらを見なくてもわかるほど熱い視線が注がれている。その熱を小夜子は敏感に感じ取っていた。

(どうしよう。感想って言われても、なんて答えたらいいんだろう)

原稿用紙に踊る男性のみだらなセリフが、鏡二の声で脳内で再生されてしまう。

(私……どうしちゃったのかな……)

体の中の温度を下げようと、さっき淹れてもらったアイスコーヒーに手を伸ばす。氷が溶けだしていて、ガラスの表面にはたくさんの水滴が付いていていた。

ストローで吸い上げ、ごくごくと飲み干す。アルコールの後だということもあるのかもしれないが、この喉の渇きはそれだけでは説明できそうにない。

ギュッと目をつむりなんとか気持ちと呼吸を落ち着けようとする。そんな小夜子の隣に鏡二が腰を下ろした。

「どうでしょうか？　私の作品は」

「どうって言われても……」

どう答えていいのか悩む。そもそも内容が内容だけに答えづらい。

「女性の気持ちの表現が難しくて、自分でもこれでいいのかよくわからからないんですよ……あ、そうだ」

思いつめていた表情が、ふいに明るくなる。

「小説は書いたあと、声に出して読むと文章のひっかかりなどに気がつくことが多いんです。小夜子さん、声に出して読んでみてください」

「わ、わたしがですか？」

「はい。お願いします」

にっこりと笑みを浮かべているその顔はいつもの鏡二と変わらない。

（これは、作品のためなんだから。別に変な意味はないし）

協力すると言った手前、なにかしてあげなければという思いがある。恥ずかしいという気持ちを押し殺して、小夜子はコホンとひとつ咳をすると読み上げ始めた。

「真奈美は英二の悪戯な手に翻弄される。い、い、厭らしい水音をまき散らしながら愛……あ、い」

（ダメだ、恥ずかしすぎる）

今の小夜子は羞恥心から顔も耳も体中赤くできるところは、全部赤くなってしまっている。

「ん、どうかしましたか？　〝愛液〟ですね。読み仮名が必要でしょうか？」

「い、いいえ。大丈夫です」

たとえ読み仮名があったとしても、鏡二の前では絶対に読めない。

（まさか、広田さんが官能小説を書いているなんて）

文章は小夜子好みで読みやすい。けれど今までまったく読んだことのないジャンルなので評価しようにもどう答えていいのかわからない。初めて読む小夜子が気の利いた感想など言えるはずもなかった。

「そうか、小夜子さんだけに朗読させるのは申し訳ないですね。では、男性の英二の役は私がしましょう」

「いえ、あのそういうことじゃ……」

「ではいきますよ」

（広田さん、時々こうやって人の話を全然聞かないことがあるよね。もう……どうしよう）

小夜子の気持ちなどお構いなしに、鏡二が読み始める。

「真奈美、お前はここが好きなんだろう。さっきからここを触るとスゲーいい反応するな。ほらもっと触っていじめてやるから、遠慮なく何度でもイケよ」

隣から、いつもの鏡二の声で、いつもとは違う乱暴な言葉が聞こえてくる。自分に言われているんじゃないのだからと言い聞かせて、なんとか冷静でいようと思う。しかし次々と入ってくる耳慣れない単語と、鏡二の甘い声に小夜子の頭が沸騰してしまう。

（もう限界っ！）

「ひ、広田さんっ！　お手洗いはどちらですか？」

声が裏返ってしまったが、仕方がない。それよりも一度気分をリセットするのが先決だ。

「あちらです。一緒に行きましょうか？」

「い、一緒にっ⁉」

「別に中に一緒に入るとは言っていませんよ。小夜子さんが望むなら私はかまいませんが」

「大丈夫です‼　平気です」

いつもと変わらない様子の鏡二を恨めしく思いながら、小夜子はトイレへ向かった。

（とにかく一度落ち着かないと……どうしたら、朗読しないですむか考えないと）

トイレへ入り、扉に背中を預けて呟いた。

「こんな読書会……無理だよ」

ため息をついて、その場にズルズルと座りこみ、なんとか気持ちを落ち着けようとした。

トイレでのしばしの篭城(ろうじょう)の後、部屋に戻ると鏡二が氷の溶けたアイスコーヒーを下げて代わりに冷たいお茶をもってきてくれたところだった。

「ありがとうございます。いただきます」

緊張から喉がカラカラだった。ソファに座り、淹れてもらったお茶を飲んで、気持ちをもう一度立て直した。

「すみません。なんだか無理を言ったみたいで。アルコール飲んだ後に声を出して読むなんて、大変ですよね」

「そうですね。少し疲れました」

本当の問題はそこではないのだけれど、それを説明するのも恥ずかしいと思い、小夜子は鏡二の意見に同意した。

「そこで、次は私が気になっている部分について、ご意見いただきたいんです」

「それなら大丈夫ですよ」

(さっきの朗読より恥ずかしいことなんて、ないはずだもん)

しかし小夜子は自分の考えが甘かったことをすぐに痛感したのだった。

　原稿を持ってきた鏡二が真剣な顔をして、一文を指さした。

「ここのところなんですが……本当に初めての女性がこうなるのか、ご教示いただきたいんです」

（ご、ご教示ってそんな大袈裟な……）

　すごく丁寧な言い方をされているが〝ここのところ〟と言って鏡二が指さしているのは、『キスだけで女性が濡れる』と書かれている場面だ。

「……なこと、そんなこと、わたしにはわかりません」

　小夜子は思い切って答えた。経験がないのだから答えようがない。

「キスしたことありませんか？」

「ありますけど……こういうのではなかったので」

　手の中にある原稿の〝キス〟は小夜子の知っている〝キス〟とは違った。唇を重ねたり、ついばんだりするようなキスしか経験していない小夜子には、答えようがない。

「そうですか……困りましたね」

　鏡二が額に手をあてて大きなため息をひとつついた。その姿が目に入り協力すると申し出たのになんの役にも立っていない小夜子は罪悪感を覚える。

（少しでもなにかの助けになれればと思ってたのに、まったく役に立たないなんて。そもそも私が協力するなんて言い出したのはおこがましかったのかも）

「すみません。全然役に立たなくて……」

小夜子は肩を落とした。しかしそんな彼女に鏡二は新たな話を持ちかける。

「これはひとつ提案なんですけど」

小夜子は顔をあげて鏡二の顔を見つめた。

「先ほど、小夜子さんはトラウマを克服したいと言っていましたよね？」

「はい。そうですけど」

「であれば、私がそのトラウマを乗り越えさせてあげます」

やわらかい笑みを浮かべて、原稿を握る小夜子の手の上に大きな手を重ねた。

「それはどういう意味ですか？」

「簡単なことです。あなたはトラウマを乗り越え、私は原稿の参考にする。どうですか一石二鳥ですよね？」

（簡単……なにが？）

頭の回転は悪くないほうだと自分では思っていたが、鏡二の言っていることがいまいち飲み込めない。

「あの、なにが一石二鳥なんですか？　わたしにわかるように説明してください」

「口下手ですみません。説明するよりも実際にやってみればすぐにわかりますよ。たとえば……」

握られていた手がグイッと強引に引っ張られた。なんの抵抗もなく小夜子は鏡二に引き寄せられる。驚いて声も出ないまま顔をあげると、すぐそこにはなにかをたくらんだような笑みを浮かべた鏡二の顔があった。

「こういうことです。小夜子さん」

返事をしようと口をひらきかけた次の瞬間。小夜子の唇は鏡二にすでに奪われていた。重ねるだけではない、鏡二の食むような唇の動きに思わず目を見開いてしまう。

視界には長い睫を伏せて、薄く目を開いた鏡二の姿がある。その瞳の奥には今まで感じたことのないような情熱を感じて、小夜子は衝動的にぐっと目を閉じた。

「んっ……ンー!!」

(どうして、急にこんなことに……?)

焦る小夜子とは真逆で、鏡二は抵抗する小夜子にひるむことなくキスを続けた。それどころか、薄く開いた小夜子の唇の間から、熱い舌を差し込んでくる。

「……ふっ……んっ」

自分以外の舌が口内を動き回るのを感じて、脳内がぐらぐらと揺さぶられる。

一方鏡二の舌は隠れていた小夜子の舌を探しだすと、ねっとりとした動きで絡め取り擦り合わせる。

ピチャピチャという唾液が絡む音が耳に届き、羞恥心を煽る。

（これが……キス……なんだ）

今まで小夜子が知っていたキスもキスには違いない。けれど今、鏡二によって小夜子の経験に新しい扉が開かれた。

触れているのは唇だけなのに、その感覚に全身が支配される。ガチガチになっていた体から次第に力が抜けていく。

角度を変えて何度も与えられる深いキスに抵抗することも忘れて、小夜子は必死に応えていた。そうすることしか今の小夜子にはできなかったのだ。

やがてふたりの唇がそっと離れる。一瞬だが銀糸のような唾液がなごりを惜しむようにふたりの間をつないだ。

鏡二の手が小夜子の背中に優しく回される。体の力が抜けてしまっている小夜子は、そのまま鏡二の肩に顔をうずめた。

（ううっ……恥ずかしい）

「……私とのキスは嫌でしたか？」

耳元で鏡二の沈んだ声が聞こえて、小夜子は慌てて顔をあげて否定する。

「嫌じゃないです！　ちょっと驚いただけで」

恋心を抱いている相手だ。嫌なはずがない。

全力で否定する小夜子の姿を見て鏡二がクスクスと笑う。

「わ、わざと言ったんですか？」

「まさか……あなたの気持ちを知りたかっただけです」

小夜子の頬にかかっていた髪の束を、鏡二が掬って耳にかけた。そしてそのむき出しになった耳に直接吹きこむように、ささやきかける。

「では……濡れましたか？」

「あっ……ン」

先ほどまで口内を暴れていた濡れた舌が、今度は小夜子の耳を弄ぶ。形を確かめるようになぞり、耳たぶを甘く噛む。

「そ、そんなことしないでください」

「小夜子さんが答えてくれないから、ついつい悪戯をしてしまいました。で、答えは……」

小夜子は、押し寄せてくる甘い刺激を振り払うように首を左右に振った。たとえ鏡二の質問にイエスだったとしても、恥ずかしくて決して自分の口で伝えることはできない。

首を振って否定する小夜子の頬を鏡二が両手で包む。そして至近距離で熱の籠った目で小夜子を捉えた。

「私のキスが下手なばかりに、あなたを気持ちよくできなかったみたいですね」

「ちがいます」

なおも首を振り否定をしようとするが、鏡二に顔を固定されていてできない。

「ん……では気持ちはよかったということですか？　あ、わかりました。確認してみれば一目瞭然ですね。初心者の小夜子さんはわからないですよね。私も気が利かずにすみません」

なにを確認するのか、なにを謝っているのか混乱した小夜子の脳内では処理しきれない。鏡二は小夜子の頬から右手を離すと同時に左手だけで顎を支えた。そしてそのまま形のいい唇から赤い舌を覗かせると、その舌で小夜子の唇を舐め、すぐに半開きだった唇に割って入る。

「ンンっ……はぁ」

小夜子は深いキスに戸惑う。けれど先ほど受け入れたときよりも抵抗がなくなっていた。どうしようもなく体にたまっていく熱に思考まで支配される。

（嫌なんかじゃない。むしろ……もっとしてほしい）

こんなふうに触れ合うことを自分から求めるようになるとは思ってもみなかった。しかし鏡二のキスは魔力でもあるかのように、小夜子の心の中にある彼への気持ちをむき出しにしてしまう。

頭の中は鏡二のことでいっぱいだ。そんな小夜子を現実に引き戻したのもまた彼だった。

「ひゃっ……な、なにして……んっ、ん――」

小夜子の声はキスで鏡二にふさがれてかき消される。いきなりスカートが捲（まく）り上げられ太腿を鏡二の手が撫で上げた。ストッキング越しに触れられて、体を刺激的な快感が走り抜ける。

（な、なにコレ。どうなってるの？）

自分の体に起こっていることが理解できない。鏡二の唇が少しだけ離れて小夜子に宣言する。

「少し乱暴になることをお許しください」

もう一度小夜子の唇をふさぎ、舌を使って口内を愛撫する。小夜子の体の力が抜けたのを見計らって、小夜子のスカートの中に潜り込ませていた鏡二の手が動き始めた。

「んーー……ン――!!」

ピリピリとストッキングが破かれるような音がして、鏡二の指が直接肌に触れるのを感じ、ようやく自分に起きている事態を把握した。そして先ほど鏡二が言った〝確認〟の意味をここで初めて理解する。

（ま、待って……そんな……）

抵抗して首を振り、鏡二のキスから逃げようとすると、それを咎めるように彼の唇は深く交わろうとする。

いつもの落ち着いた鏡二からは想像もできない荒々しいキスに、すべてを預けてしまいそうになる。けれど、まずはストッキングの先にあるものに触れようとしている鏡二の指を止めなくてはいけない。

その部分を〝確認〟されるなど、恥ずかしくて顔から火を吹きそうだ。

(だって。そこは……)

なんとか鏡二の指の動きを止めようとする。スカートの上から鏡二の手を摑んだが一足遅く鏡二の指が下着に触れる。

「ひゃ……ダメぇ」

下着の上から触られただけだ。しかし小夜子の声と体は大きく弾んでしまう。すりすりと指でこすりながら、鏡二が小夜子に顔を寄せた。

「確認できました。しっかり濡れていますね。私のあの表現は間違いではなかったんですね、安心しました。しかし、下着の上からもわかるほどとは……」

確認し終わっても、鏡二の指はまだ動き続けている。そこをこすられるたびに、じわじわと下腹部に小さな快感がたまっていくようだ。

「本当にダメ……もう。確認できたから、いいですよね？　ひゃん……！」

恥ずかしくて太腿をとじると、鏡二の手を挟みこんでしまった。あられもない自分の声に驚き口を覆う。

「そうですね。確認は取れました。でもせっかくなので、ここからは小夜子さんのトラウマを取り除くことにしましょう」

（な、なに言ってるの？　だってもうわたし……今日はこれ以上恥ずかしい思いはしたくない）

プルプルと顔を振り、意思を伝えた。

「私だけ協力してもらうには気が引けます。小夜子さんのご希望通り〝普通〟の行為で上書きしてトラウマを乗り越えましょう」

すごく明るく言われたけれど鏡二の言う〝普通の行為〟とは、男女のそれだ。鏡二は今から小夜子になにをするのか、想像がつかない。

「あ、あの。わたしのトラウマはおいおい……ね？」

「遠慮しないでいいですよ。困ったときはお互い様です」

（それは確かにそうだけど、な、なんか違う気がする！）

鏡二の腕の中で、ジタバタと抵抗するが、彼は笑顔でいながら力は強い。

「怖くありませんから、安心してください」

「できません」

「仕方ないですね。少しだけじっとしていてもらいましょうか？」

それまで小夜子の足に挟まれていた鏡二の手がスカートの中から抜かれる。小夜子はほっと一安心したけれど次の瞬間にはまたもや悲鳴を上げていた。

「きゃあ！　広田さんっ、なにするんですかっ⁉」

「いいことですよ。怖がらなくてもいいんです。力を抜いてください」

鏡二は小夜子のカットソーを裾から一気に捲り上げた。小夜子は無防備に、そのまま万歳のポーズを取らされている。カットソーは腕のところで止まったままで、それがちょうど小夜子の腕を拘束して自由を奪っていた。

そしてそのまま大きなソファにゆっくりと横たえられる。

「思っていた通り真っ白ですごく綺麗な肌ですね。たくさん跡をつけたくなります」

「跡って……なんのことですか？　それよりコレ、外してください」

動けば動くほどカットソーの拘束が強まる。しかし小夜子の抵抗もここまでとなる。

鏡二が小夜子の首筋に顔を埋めて、舌を這わせてきたのだ。

「やぁ……ん……あっ」

それだけで、小夜子の体から力が抜けてしまう。背中がゾクゾクとしてきて、抵抗する力が弱まった。

「こうされるの嫌いじゃないですよね？」

確かに驚いているけど嫌じゃない。

その思いが伝わったのか鏡二の大きな手のひらが小夜子のやわらかい胸をブラの上から優しく包み込んだ。そしてゆっくりと形を確かめるように滑らせた。

「こうやって優しくされるために女性の体はあるんですよ。決して性の嗜好を押しつけられるためではありません」

鏡二の手も唇も触れ方は優しい。恥ずかしいことをしているけれど、基本的に小夜子のことを思っての行為……のはずだ。

「んっ……あ、ヤダぁ」

グイッと鏡二がブラジャーを引き上げると、そこから小夜子の白い胸がこぼれる。そして赤い先端を鏡二の人差し指がはじく。

そんなに強くされたわけじゃないのに、キュウッとした刺激が全身に広がる。そしてなぜだか触れていない方の先も固くなっていくのを小夜子は感じた。

「かわいらしいココが、立ち上がってきましたね。大丈夫。しっかり可愛がってあげますから」

それまでの胸の締め付けが一気に緩んだ。ホックを外されたブラジャーをカットソーと同じように腕のところまで持ち上げられると、小夜子の胸を隠すものは一切なくなる。

自分の体が自分の意思とは違うところで、鏡二に与えられる刺激に反応してしまっている。

人差し指を使って、胸の先の色づいた部分を円を描くように優しく撫でられる。そして最後に少し力を入れてグイッと押しつぶすように立ち上がった部分を刺激する。

「やぁ……そんなこと……そんなぅ……んっ」

「こっちと、こっちはどっちが気持ちいいですか?」

そう言うと鏡二は、グリッと押しつぶしたあと、ピンッとはじく動きを繰り返す。

「ど、どっちも嫌で……す。あぁ……ン」

「でも、すごく気持よさそうな声が聞こえてきます。体も熱く色づいてきていて……私の気のせいでしょうか?」

鏡二の言う通りだ。小夜子は今までの人生の中で一度も感じたことのない感覚に翻弄されていた。最初にあった羞恥心が残っていないわけではない。それよりも体の——下腹部にジンジンと溜まっていく痺れと、それと同時に下着に感じる湿り気。自分の意思ではどうすることもできない状態に翻弄され続けていた。

「どっちも嫌ですか。困りましたね。では、こうしましょう」

(あ、やっと止めてもらえる)

ホッとして小夜子は全身の力を抜いた。

「あぁ!　……んっ」

でも、次の瞬間思わず大きな声を出してしまい、慌てて唇を噛んだ。しかし厭らしい声が漏れてしまう。驚いて目を開け鏡二を見ると、小夜子の胸の先端を舌で転がしていた。しかも覗きこむように小夜子の反応を見ながら。

目元と、口元が意地悪く弧を描く。そして、小夜子の敏感な色づいた部分をすべて口に

「含み、強く吸い上げた。

「やぁん！……あっあっ」

 口の中に含まれて、舌で転がされる。そして吸い上げる。その繰り返し。反対の胸はさっきと同じようにはじかれたり、押しつぶされたりしている。

「ダメ……ですっ……」

体をゆすり首を左右に振る。できる限りの抵抗をみせたつもりだが、鏡二はやめてくれない。それどころか、今度は反対の胸を口に含むと同じように愛撫し始めた。

「こっちも可愛いがらないと、拗ねてしまいますからね」

（んっ……こんなこと……ダメなのに）

その強すぎる感覚に小夜子は、甘い声を上げるしかない。弄ばれているのは胸なのに、下腹部はキュウキュウと悲鳴をあげて、トロトロと熱いものが溢れ出ていた。

それを誤魔化すように、内腿をすり合わせたがそれを鏡二にみつかってしまう。

「どうかしたんですか？　そんなふうにして」

「はぁ……あの、なんでもないです」

早く彼の下から抜け出したい。そうしなければ今以上のことをされてしまう。わかっているのに脳内まで蕩かされてしまったのか、頭がうまく働かない。

「あぁ、気がつかずにすみません。ついついあなたの可愛らしい胸に夢中になってしまって」

　できれば知らないふりをしてほしかった。しかしそんな小夜子の願いが鏡二に届くはずもなく。あっさりと、彼の指が言い訳できないほどに濡れてしまっている小夜子のそこにたどり着き、ショーツの上から触れた。

「くっ……ふぁっ」

「いっそう可愛い声が出ましたね。小夜子さんのその声もっと聴きたいです」

　そう言うと、ショーツのクロッチの部分を器用に横にずらして直接小夜子を刺激した。

「んんっ……あっ。はぁはぁ」

　小夜子は刺激に耐えようとしたが、下半身は思うようにならずビクンと大きく揺れる。その反応が鏡二を煽り、指は濡れた場所を往復する。

「先ほどとは比べものにならないくらい濡れてますね。聞こえますか……ほら」

　グチュグチュと耳をふさぎたいほど厭らしい音がする。

「ヌルヌルでよく滑りますよ。奥がどうなっているのか是非知りたいですね」

「奥は……ダメです」

（そんなところまで指を入れられたら……！）

　感じすぎたせいか、目に涙を滲ませながら首を横に振る。その様子を見た鏡二が優しく笑った。

「わかりました。今日は中は触りません」

（よかった。これ以上されたら本当に恥ずかしくてどうにかなりそう）

「でも、このままでは小夜子さんが辛いでしょう。今日はここでイカせてあげますね」

「ひ……ぁ……、あぁぁ」

指が小夜子の濡れた場所の先にある小さな粒を探しあてた。小夜子の体に今まで感じたよりさらに強い刺激が駆け抜ける。

「いや……そこ、強すぎるの……」

「優しくしているつもりですが……。でもそうですね。刺激は強いかもしれません」

冷静な返事は、それでも止めるつもりはないことを表している。円を描くように転がされて、ガクガクと腰が震えはじめる。優しく撫でていたかと思うと、キュっとつままれてビクンと体が跳ねた。

それを二度ほど繰り返されると、下腹部にたまっていた愉悦の塊がどんどん大きくなる。

それが、駆け抜けてはたまったいき、小夜子の小さな体いっぱいに広がった。

「こんなに厭らしい体なのに、今まで無垢だったとは。あなたの体は大変興味深いですね」

「やぁ……厭らしいなんて……いやぁ」

必死で快感に耐える小夜子の目から涙がこぼれ落ちる。

「厭らしいは褒め言葉ですよ。覚えておいてください。では今から私の前で最高に厭らし

いあなたを見せてください」

「ひっ……やぁ」

鏡二の指の動きが早くなり、クチュクチュと響いていた水音が大きなグチュグチュに変わった。

「思い切り、イッてみせてください。……どうぞ」

すぐに唇を激しく奪われた。舌をきつく吸い上げられ口内を翻弄する。下着の中の手もいっそう動きを激しくした。

両方の粘膜を鏡二に弄ばれて、男性経験のない小夜子が耐えられるはずがない。

「……っん!! あっ……ン」

体の奥にたまっていた愉悦がはじけた。全身に一瞬で甘い痺れが走る。

「上手にイケましたね。すばらしいですよ小夜子さん」

閉じかけた目が最後に見たのは、鏡二の満足そうな笑みだった。そのまま目を閉じると小夜子は意識を失いながら、額に唇が優しく触れるのを感じた。


カタカタとなにかの音がする。

小夜子がうっすらと目を開ける。見知らぬ天井が目に入り、ここがどこだったのか理解した。

（私……あのまま）

どのくらいの時間かはわからないが、あのまま眠ってしまったようだ。

気づくと鏡二にあんなことやこんなこと、いろいろとされたソファに横になっていた。

（あっ……服は？）

焦って確認すると一応は身に着けていた。

起き上がって掛けてあったブランケットをめくってみる。鏡二によってダメにされたストッキングは脱がされているようだ。

テーブルを見ると、ミネラルウォーターとコンビニの袋に入ったストッキングが置かれていた。

（これ、広田さんがわざわざ買ってきてくれたんだ……ところで広田さんはどこにいったんだろう？）

キョロキョロと室内を見渡す。するとさっき鏡二が原稿を持ってきた部屋から灯りが漏れていた。

小夜子は引き寄せられるようにソファから立ち上がると、少しだけ開いていたドアの隙間から中を覗く。

鏡二がパソコンに向かい、背中しか見えないがカタカタとすごい速さでキーを打っているのがわかる。

集中しているのだから話しかけてはいけないと思い、そっと扉から離れようとした。しかしうっかり扉に手が触れて、「キー」と音を立てた。

「あっ……」

扉を抑えたが遅かった。

「小夜子さん？」

鏡二が振り向いて、やわらかい表情を見せた。

「目が覚めましたか？」

「あ、はい」

声がかすれてうまく声が出ない。

立ち上がって鏡二が小夜子の前まで歩いてきた。

「よかったら、どうぞ入って。ここは仕事場です」

小夜子は誘われるままに足を踏み入れる。部屋には大きな机と本棚以外はなにも置かれていない。小夜子が想像していた作家の散らかった部屋とはかけ離れていた。

机の上にはデスクトップのパソコンと使いこまれた辞書。資料だろうか、Ａ４サイズの紙が何枚か無造作に置かれていた。

「これは……さっきの原稿ですか？」

パソコンの画面には、文書ファイルが開かれていた。真奈美と英二という名前からさっきの作品だということがわかる。

「はい。そうです。小夜子さんのおかげで今日は文章がすらすらと浮かんでくるんです」

「……私のおかげですか？」

不思議に思って尋ねた。

「はい。あなたと触れ合ったおかげでしょう。書きたいものが書けています」

（そうだ……わたし、広田さんと）

ストッキングを履いていない自分の素足を見て、先ほどのことを思い出す。カッと体に火がともったように熱くなった。

（意識しないようにしなきゃ。変に思われちゃう）

「テーブルの上にコンビニの袋を置いておいたんですが、見ましたか？」

「はい。あれは広田さんが買ってきてくれたんですか」

「そうです。あなたのストッキングを台無しにしてしまいましたからね。本来ならば下着も買いそろえたいところだったんですが……」

「あの、大丈夫ですからっ！　お気遣いなく」

慌てて手をふって話題を変えようとする。

「今何時ですか？　私そろそろ帰らないと」

鏡二が壁を見たので同じ方向をむくと、そこには白い文字盤の時計が掛けられていた。

「二三時ですね。車でお送りできればいいんですが私もお酒を飲んだので、タクシーを呼びましょう」

「お願いします」

歩いて帰れない距離ではない。けれどこの時間だとタクシーに乗った方が安心だ。

「じゃあ、私あっちで準備してきます」

トイレにいって、少しでも下着の内側をきれいにしたい。ストッキングも身につけなければいけない。

「着替えなら、ここでしてくれてもいいんですよ」

「そんなことできませんっ！」

慌てる小夜子を見て、鏡二は楽しそうに笑う。

「私と小夜子さんの仲じゃないですか。お互いに利害関係の一致するパートナーなんだから、そんなこと気にしなくていいのに」

リビングへ向かって歩き出していた足が一瞬止まる。

（パートナー……か）

その一言で彼の言いたいことが理解できた。

（私は原稿のために彼に協力をする。彼は私のトラウマの克服に付き合う。お互い利用し利用される関係）

　そこに小夜子が思い描いているような甘い雰囲気はないのだと悟った。たとえ小夜子が鏡二への淡い恋心を自覚していたとしても、鏡二がなんとも思っていない時点でこの恋は一方通行になる。

（わたし、なにやってるんだろう……）

　急に黙り込んだ小夜子を心配して、鏡二が顔を覗きこんできた。

「どうかしましたか？」

「なんでもありません……」

　小夜子はそう言ってトイレにこもることしかできなかった。

第四章　三つの顔を持つ男

あの日以来、小夜子は鏡二に対してどんな態度をとればいいのか悩んでいた。正式に付き合っていた相手とはしなかったことを、なぜか付き合っていない人とすることになってしまった。正直小夜子の常識では理解できない。

（よく考えたら、前付き合っていたふたりよりも、広田さんのほうが変態なんじゃゃ……いや、そんなことないはず。たぶん……だって今回は嫌じゃなかったし）

以前付き合っていたふたりの男性との経緯が特殊なだけに、自分がそういった普通ではないタイプの人を、引きつけてしまうのではないかと思ったこともあったが、今までは認めたくなくて、必死に否定し続けていた。

鏡二からメールが二回ほどあったが、あたりさわりのない内容を返して深入りしないようにしている。

（避けてるって、気がついているよね）

淡い恋心を抱いている相手と触れあう時間は、甘く小夜子の心を満たした。心だけでなく体への刺激も、処女の小夜子が今まで思っていたよりもずっと甘美なものだった。

確かにそのひと時は満たされたと思う。しかし相手の気持ちが自分と同じでないとしたら、その充足感は錯覚ではないのかと小夜子は思っていた。

（ああいうことは、お互い思い合っていないと……）

ふたりの気持ちが違う方向に向いていれば、行為本来の意味——愛を交わす——ということにはならないのだ。

しかし小夜子の体は覚えていた。一瞬だけの甘く満ち足りた感覚を。それが今も彼女を悩ませていた。

あのあと、自宅に着いてバッグの中を確認すると、お店の帰りに鏡二が口の中に放り込んだコアントローの溶けだすキャンディーの缶と彼のペンネーム〝キョウジ〟の文庫本が入っていた。普段の小夜子ならば絶対手にしない類の本だ。

表紙には付箋がついていて『一度読んでみてください』と几帳面な字で書かれていた。もらった飴を口にしながら、小夜子は好奇心にかられ思わずページをめくってしまう。

そこには先ほど体験したことよりも、すごいことが描かれていた。初めは、その刺激的な性描写に目を奪われてしまっていたが、いつの間にか物語の中に引きこまれてしまっていた。

これも、いわゆる官能小説というジャンルに、ひとくくりにしてしまっていいものなのだろうか？　登場人物たちの心の動きや葛藤が手に取るように理解できて、心が動かされるシーンも多くあった。

（……ちゃんとした恋愛小説じゃない）

彼が書いたというその作品を読んで、ますます鏡二に対する興味が湧いてしまう。

鏡二のことをひとつひとつ知っていくたびに、どんどん抜け出せなくなってしまいそうで、小夜子はなによりもそれが怖かった。


「……友、秋友……」

名前を呼ばれて今、仕事中だということを思い出した。

「す、すみません。あのなにか？」

目の前で今野が怪訝そうな顔をして、小夜子を見ていた。

「どうかしたのか。最近ぼーっとしていることが多いみたいだけど」

「すみません。以後気をつけます」

言われるとおりなので、素直に謝ることしかできない。

「別に怒ってるわけじゃない。心配してるだけだからそんな落ち込んだ顔するなよ」

今野は肩をポンと叩いて、ニカッと白い歯をみせて笑った。

周りから見てもわかるほど仕事に集中できていなかったことを反省して、小夜子は気合いを入れなおした。

「あの……で、なにかお話があったんですよね？」

「あぁ、危うく忘れるところだった。明日の打ち合わせの準備ちゃんとできてる？　さっき窓口になっている編集さんに連絡を入れたら時間通りでOKだって」

明日は土曜だが、午後から打ち合わせに出ることになっていた。

本来ならば休日にあたる土曜日。それが仕事となると普段は重い気持ちになるのだが、今回は小夜子にとっては特別なので、まるで負担には感じられなかった。

「はい。ばっちりです！　会議室もおさえてますしコーヒーの準備もできてます。あ、もちろん資料もですよ」

急に張り切りはじめた小夜子を見て、今野は肩を震わせて笑った。

「秋友は本当に、鏡ヒロが好きなんだな。急に元気になって」

「あ……」

あまりに現金な自分の態度を指摘されて、恥ずかしくなる。

「サインくらいはもらえるんじゃないのか？　明日本、持ってきとけよ」

「そうするつもりです。他の人には内緒にしてくださいね」

小さな声で今野にだけ聞こえるように言う。

「それと明日打ち合わせの後、飯でもどう？」

もともと休みの日なので、打ち合わせが終わればすぐに帰るつもりだった。弟のサッカーの試合を見に行くことになっているのだ。

「それが……明日の夕方、弟のサッカーの試合なんです。応援に行くって言っちゃったから。歳が離れているせいか、ついつい過保護になってしまって」

「……そうか。なんかいつもタイミングが悪いな」

苦笑いで頭を掻く今野の顔を見て、申し訳なく思う。

確か前回誘ってもらったときも、実家に帰る日で一緒に飲みに行けなかったのだった。

「確かにそうですね……穴埋めといってはなんですが、今日のランチ一緒にどうですか？」

せっかく誘ってくれているのに、何度も断るのは心苦しい。そう思い小夜子は今野をランチに誘う。

「仕方がない、それで手を打つか」

さっきと打って変わって、明るい笑顔になった今野につられて小夜子も笑った。

(仕事はちゃんとしなきゃ……)

先輩は面倒見がよくて優しいし、時には憧れの人に会うこともできる。

私生活がどれほど波乱含みでも、仕事は順風満帆だ。

決意を新たに仕事に取り組もうと小夜子は大きく伸びをして気分を切り替え、午前中の残りの仕事を片付けた。

——翌日。少し風が冷たいがよく晴れた秋空の下、小夜子は心弾ませながら仕事に向かった。

ここのところいろいろと思い悩むことがあったが、今日のことを考えると緊張と喜びで昨日は眠れないほどだった。

憧れの作品を書いた人物に会えるのだ。

『境界線の向こう』を読んだのはちょうど就職活動を始めたところだった。

最終的に希望していた公務員の職につけたが、就職氷河期と言われるなかでの就職活動は心も体力も消耗していく。

友達も自分のことで忙しく、なかなか愚痴を言い合う時間もない。

そんなとき、小夜子の心を慰めてくれたのが読書であり、鏡ヒロの『境界線の向こう』だった。

メディアにもほとんど顔を出さない作家で、サイン会も一度も行われたことがない。郷土に貢献したいという理由で初めてこの講演会を受けてくれたことも、小夜子の中の鏡ヒロの好感度を上昇させていた。

（もうすぐ会えるっ！）

いつもなら足取りが重いのに、今日は思わず小走りで職場に向かうほどだった。

午後になり庁舎の二階にある会議室に足を踏み入れる。予定よりも早い時間だったが、今野はすでに席に着いて資料をめくっていた。

「秋友。嬉しそうだな。昨日はちゃんと眠れたか？」

「いいえ。なんだかなかなか寝付けなくて」

今野には鏡ヒロのファンだということはすでにばれている。だから隠さずに今日のこの打ち合わせが楽しみであるということを伝えた。

「ははは……あくまで仕事だからな。しっかりしてくれよ」

「あ、はい。でも打ち合わせが終わったら、コレだけいいですか？」

バッグの中からハードカバーの『境界線の向こう』を取り出して見せた。

「サインね。それくらい構わないだろう。電話でやり取りした感じだと、担当の編集さん、すごく気さくな方だったから、それくらいはお願いできるはず」

「そうなんですか」

それを聞いただけで小夜子の中の〝鏡ヒロ〟という存在のイメージがまた膨らんでいく。

「おいおい、今からそんなにぼーっとしてて平気なのか？　サブとはいえお前もこの案件の担当なんだから、しっかりしろよ」

からかうような今野の言葉に小夜子は頷く。

「憧れの人との仕事ですから、失敗したくありません。頑張ります」

やる気を見せた小夜子の頭を、今野がポンッと叩いた。

「そろそろ時間だな……」

今野がそう呟くと同時に、ドアをノックする音が聞こえた。

——コンコン。

小夜子は立ちあがって、ドアを見つめた。ノックの音が脳内にリフレインしている。

（この扉の向こうに、鏡ヒロがいる）

ドキドキという心臓の音が体中に響くようだ。緊張のあまり目をつむると、扉が音をたてて開く。

つむっていた目をパッと開き、開いた扉の先にいる人物に視線を向けた。

まずは今回の窓口になってくれていた担当の女性編集者が入ってきた。すらっとした長身・黒髪の美人で、ピンストライプのスーツがよく似合っている。その後に続けて男性が入ってくる。

（え……？）

思わず言葉を飲み込む。というより、呼吸さえも止まってしまったかのように、声を出すことができなかった。

「お待たせしてすみません。鏡ヒロです」

少し低めの良く通る甘い声。にっこりと笑う切れ長の綺麗な目。落ち着いた雰囲気を纏（まと）

う目の前の男は……鏡二だった。間違えようがない。

（ど、ど、どういうこと⁉　どうして広田さんが）

いろいろと悩み過ぎたせいで幻覚が見えるようになってしまったのだろうか。小夜子は
もう一度目をギュッとつむってから、ゆっくりと開いた。

「……っ」

ニヤリと笑いながら見つめられて、小夜子はこの間の夜のことを強制的に思い出させら
れた。その時、体中の血液の温度が瞬間的に上がった。そして瞬く間に彼女の体を熱くし
たのだ。あの夜のように。

なにも言葉を出せずに、ただ〝鏡ヒロ〟と名乗る鏡二を見つめることしかできない。そ
んな小夜子を現実に引き戻したのは、隣にいた今野だった。

「おい、秋友。どうかしたのか？」

顔を覗き込みながら軽く肩を叩かれ我に返る。

「あ、いえ」

視線は鏡二に向けたまま、頭を振る。

（いけない。仕事中だった……。でも……広田さんが書いていたのは官能小説だったはず）

「本当に大丈夫なのか？　無理するなよ」

「もう、心配しすぎですよ」

無理やり今野に笑顔を見せた。

するとそれまでやわらかく笑っていた鏡二の目に、一瞬鋭い光がさした。しかしそれはすぐに彼の人好きのする笑顔の中に消えてしまう。

「すみません……以前お話していた補佐についてくれている、秋友小夜子です。こいつ先生の大ファンで」

今野の言葉に鏡二が笑顔のままで答える。

「そうなんですか、恐縮です」

（知ってるくせに……！）

しかし無理やり貼り付けたようなその笑顔を見れば見るほど、小夜子の知っているいつもの鏡二とは少し違うことに気がついた。

（仕事だからかな……、それより広田さんは私がこの講演会に携わってるって知ってたんだ……）

少なくともあの夜には知っていたはずだ。それなのになにも言わずにいたことに怒りを感じる。それと同時に〝広田鏡二〟と〝鏡ヒロ〟がこんなに似ているのにまったく気がつかなかった自身にもイライラした。

「はじめまして……、秋友小夜子です」

（どういうつもりで黙ってたの？　私が驚くのを笑うつもりだった？）

ならば鏡二の作戦は成功だ。小夜子はこの上なく驚きそして戸惑っている。

小さな仕返しのつもりで「はじめまして」という言葉を選んだのだった。

丁寧に名刺を差し出して、あたかも知らないふりをした。それが小夜子にできる最大限の抵抗だった。

「秋友、こちら鏡さんの担当の編集さんで、成栄出版の藤沢愛花さん。」

「はじめまして、このたびはお世話になります」

名刺を差し出しながら、頭をさげた。

「こちらこそ、こういった機会をいただけて光栄です。鏡先生のファンがここにもいらしたなんて私も編集者として嬉しいです」

そう言って差し出された名刺が入っていたのは、鏡二が小夜子と一緒に選んだ名刺入れだった。

(これ、藤沢さんにあげるためのものだったんだ……)

選んだときから誰かにプレゼントすることはわかっていたはずなのに、その相手がいざ目の前に現れると、なんだか変な感じだ。

「こちらにおかけください」

今野が、藤沢と鏡二を席に案内した。小夜子はわけがわからないまま、今野の隣の席に着く。小夜子はどうにかいつもの自分を取り戻して、平静を装った。

（今さら悩んでも、どうにもならない。目の前の男が〝鏡ヒロ〟、本名〝広田鏡二〟だという事実は変わらないんだから……）

背筋を伸ばして鏡二を見ると、小夜子に視線を向けて嬉しそうにニコニコとほほ笑んでいた。

その笑顔を見て、小夜子はバカにされているような気がした。読書会では知らなかったとはいえ、本人の前で〝鏡ヒロ〟のファンだといい、まさか今日会うことになるとは露知らず、この間はあられもない姿をさらしてしまったのだ。

藤沢と今野が話を進めている間、鏡二は小夜子の様子を窺っているようだった。

そのいかにも面白がっているような態度に、ふつふつと怒りが湧いてきた。しかし小夜子がそんな風に思っているとは微塵も思っていない鏡二は、小夜子に向けていた視線を今野に移して話し始めた。

「私の都合で、お休みの日にお時間をとっていただき申し訳ありません」

「いえ、お忙しいのは承知でこちらがお願いしているのですから、お気になさらないでください」

雑談を交えながら楽しそうに話している三人とは対照的に、小夜子はこの時間が早く終わればいいと思っていた。

あの扉が開くまでの高揚感などすでに、宇宙のかなたにまで吹き飛んでしまっている。

「あの、時間もあまりないですし、そろそろ本題に入りませんか？」

努めて事務的に話を進める。

「鏡先生はお忙しいでしょうから」

小夜子の最後の言葉に、鏡二が一瞬眉をひそめた。

「そうですね。では早速こちらの資料に目を通していただければと思います」

そんなふたりの事情を知らない今野が、鏡二と藤沢に資料を渡して説明しはじめた。

しかしその間、鏡二の視線は、資料でも今野でもなくまっすぐに小夜子に向けられていた。その視線に耐えられずに、小夜子は俯いて資料を読むふりをした。

すると説明をしていた今野の言葉をとめて、鏡二が話し始めた。

「この講演会のコンセプトについて、秋友さんはどうお考えですか？」

「へ……私ですか？」

急に話を振られて驚いた。なるべく無難にやりすごそうと思っていたのに鏡二はそれを許してはくれなかった。

「急にどうされましたか？　鏡さん」

いきなりの質問に藤沢も驚いた様子で鏡二に尋ねた。しかしそれを無視して話を続ける。

「私は秋友さんの意見が聞きたいです」

「あの……資料に書いてあるとおりです」

鏡二の意図することがわからない。

（もしかして、またわたしをからかうつもりなの？）

「紙に書かれていることじゃなくて、〝鏡ヒロ〟のファンだというあなたからこの講演会についての意見を聞きたいんです」

自分を見つめる鏡二の視線を、小夜子はまっすぐに受け止めた。

（これは仕事だ。公私混同しないようにしないと）

「鏡先生の作品は読者が、忘れていた故郷への愛を思い起こすきっかけになります。作品と一緒に地元の人は自分の過去を思い出し、そして懐かしみます。今回の講演会では、鏡先生の口から語られる郷土への思いが聞き手の思いと重なって、今のこの街を考え直すきっかけになればいいなと思います」

これは小夜子の本当の気持ちだ。この企画に携わるときに〝こういう会〟にしたいと思った。それをまっすぐに鏡二に伝えた。

「……わかりました。私もそれを目標にこの講演会に臨みたいと思います」

真剣な顔で小夜子の声に応えた。

そこから今野が契約についてなど、今回窓口になってくれている藤沢と細かい点を確認した。

その間小夜子は口を挟まずに、気になることをメモしていた。

「話す内容については、鏡先生にお任せします。今回、メディアにあまり顔をだされない鏡先生が講演会をするということで、かなりのお問い合わせをいただいております。当日不手際がないようにこちらも細心の注意をはらいますので、どうかよろしくお願いいたします」

今野の話に合わせて小夜子も頭を下げた。

「こちらこそ、こういったことには慣れていないのでよろしくお願いします」

(これで終わりだ……)

後は、立ちあがって鏡二を見送るだけだ。

「はぁ……」

出口に向かっていく鏡二の背中を見て、小夜子の口から小さなため息が漏れた。

「あ、忘れてた。秋友、鏡先生にサインもらいたかったんじゃないのか？」

今野の言葉にビクッと体が固まる。

(ど、どうして今、本人の前でその話するの⁉)

気を遣ってくれたのかもしれない。けれど、今の小夜子にとっては余計なお世話以外のなにものでもなかった。

「……いいんです。もう」

今野のスーツの裾を引っ張って、首を振った。

「本当に？　あんなに楽しみにしてたのに……」

「本当にいいんです」

語気を荒げた小夜子に、今野は目を見開いた。

「……ならいいけど」

小夜子が普段とは明らかに違う態度を見せたので、今野もそれ以上話をふらなかった。

そんなふたりを、鏡二はじっと見つめている。

「すみません、鏡先生。ではなにかご不明点がありましたら遠慮なくご連絡ください」

「最終の確認は前日にでも私にいただければ、先生には伝えますので」

藤沢と今野が最後の挨拶を交わした。

「では、前日にもう一度ご連絡差し上げます。本日はありがとうございました」

今野とともに頭を下げて、部屋から出る鏡二と藤沢を見送った。

バタンと扉が閉まった途端、小夜子は脱力して近くにあった椅子に座った。

「大丈夫か？　いつもと様子が違ってたけど」

さすがに今野も気がついたみたいだ。小夜子は慌てて笑顔を作った。

「実際に本人を目の前にして、緊張してしまったみたいです」

「まぁ、たしかにあれだけかっこよかったら、緊張してもしかたないよな。神様はつくづく不公平だな。顔も良くて才能もある、文字通り二物を与えられた人は実際にいるんだから」

頭から信用されて、自分が〝鏡ヒロ〟と前から知り合いだったことを誤魔化したことに罪悪感を覚えた。

「でも、今野さんだって仕事はできるし、みんなからの信頼も厚いですよね。臨時職員さんの間でも評判がいいですよ。彼女いるのかなぁってこの間更衣室で噂してる人もいたし」

今野に対する周りの評価を伝えただけだ。なのになぜか今野の顔が耳まで赤く染まっていた。

「な、なんだよ。いきなり褒めるなんてやめてくれよ」

いつもは冷静な今野が、なんだか少し可愛く見えた。そんな態度を小夜子がクスクス笑うとますます顔が赤くなった。

「あの、だ。秋友は俺のことどう思ってるんだ？」

唐突に聞かれたが、いつも思っている通りのことを伝えた。

「頼りになる先輩です。今野さんのおかげで仕事の楽しさがわかりましたから。ありがとうございます」

「……そっか……ふーん。そっか」

益々顔を赤く染める今野を、小夜子は不思議に思った。

「ほらっ、いつまでもしゃべってないで、さっさと片付けるぞ。弟さんのサッカーの試合に行くんだろ？」

「あっ……」

鏡二が現れた衝撃ですっかり忘れていた。打ち合わせは予定していた時間を大幅にすぎていたので、急いで片付けをしなければ間に合いそうにない。

「資料のまとめは月曜でいいから、ここだけ片付けてしまおう」

赤い顔の今野に言われて、ふたりで急いで使用した会議室の片付けをし、最後に使ったコーヒーのカップホルダーを給湯室に持っていって今日の業務は終了した。

ロッカーに荷物を取りに行く前に、トイレに寄るとそこにはさっき別れたばかりの藤沢が立っていた。

「あ、藤沢さん……先ほどはありがとうございました」

「秋友さん、ココ使うのかしら？」

藤沢が鏡を譲ってくれようとする。

「あ、いいえ。大丈夫です」

「そうだっ！　本当に鏡先生のサイン要らなかったんですか？　遠慮しなくてもよかったのに」

「いえ、わたしだけ抜け駆けするわけにはいかないですから、それより……あの」

「……なにか？」

小夜子は聞くか聞かないか迷ったが結局聞いてしまう。

「広田さんとは、あの……長いお付き合いなんですか？」

「広田って、あなたもしかして」

藤沢の言葉を聞いてハッとした。

（わたし、広田さんって呼んじゃった）

「鏡先生は、本名非公開なのにどうしてあなたが知っているの？」

問い詰めるような口調に、小夜子は驚いた。

「あの……実はちょっとした知り合いで」

「……そう。だからサインも要らないなんて言ったのね。世間って狭いものね」

手に持っていたリップをポーチに入れながら答える。

「私は、彼がデビューする前からずっと面倒をみてきているから長いわね」

「じゃあ〝キョウジ〟名義も藤沢さんが担当なんですか？」

小夜子の言葉に藤沢は驚いた顔を見せる。

「そんなことまで、知っているなんて驚いたわ。もちろん作家の彼について知らないことはないわ」

その言い方から、随分長い付き合いだということがわかった。

「そんなに長いんですね」

「そうね、私たち高校、大学と一緒だったのよ。編集としてもそうだけど……女としても彼を傍で支えてきたわ」

鏡を見ていた藤沢が、くるりと小夜子の方を向く。

（女として？　それって……）

「私は広田が好きよ」

クスクスと笑いながらあえて〝広田〟と呼び、宣戦布告でもするように小夜子をまっすぐ見つめた。

「たとえ、私が広田にとって〝都合のいい女〟だったとしてもかまわないの。私たちがお互いを必要としている事実は変わらないもの」

なにも言えない小夜子に、藤沢が言葉を投げた。

「これからも鏡先生の〝ファン〟でいてくださいね。では講演会当日よろしくお願いします」

「……はい」

まっすぐで綺麗な髪をなびかせながら、コツコツとヒールの音を立ててトイレを出ていった。小夜子がつけても到底似合わないような香水の香りを残して。

（女としてって……そういうことだよね）

鏡二は大人の男だ。だからそういう人がいたって不思議ではない。

（わかっているけど……知りたくなかった）

小夜子は大きなため息をひとつついた。

（どうしよう。もしかしたら試合に間に合わないかも……）

庁舎のロビーを早足で歩きながら、腕時計を確認した。ここからバスで三十分ほどだが、今日は土曜ダイヤで本数が少ない。

トイレで藤沢に言われたことがショックでしばらく立ち直れず、庁舎を出るのが随分と遅くなってしまった。

（どうして今日に限って、こんなに悩むような事ばかり起こるの？）

心の中でブツブツと文句を言う。

「小夜子さんっ！」

自動ドアを出てバス停に向かって歩き始めたところで、声をかけられた。

驚いたが顔を見なくても声の主が誰なのかわかった小夜子は、無視をしてそのまま歩き続けた。

「小夜子さん……ちょっと待ってください」

追ってきた鏡二に腕を掴まれて強制的に彼の方を向かされる。キッと睨んだ小夜子のその顔は怒りに満ちていた。

「わたし、急いでいるので失礼します」

「待ってくださいと言いましたが、聞こえませんでしたか？」

言い方は丁寧だが、明らかに小夜子の態度を責めている。

「急いでいると申し上げたのが、聞こえませんでしたか？」

同じように言い返した小夜子の態度に、呆れたように首を振った。

「なにをそこまで怒ることがあるんですか？」

（理由をわたしに聞くの？）

「そんな想像力が欠如している方が、作家だなんて不思議です。鏡先生」

一度口を開いたら、自分でも驚くほど嫌味なセリフがどんどん出てきた。鏡二が手をいっそう強く握った。

「だから、まともな作品が書けないのかもしれませんね……私には」

それまでとは違い、ぼそぼそと呟くような声。しかし、しっかりと小夜子の耳には届いていた。

（あ……わたし！）

慌てて鏡二の顔を見ると、自虐的な笑みを浮かべていた。

「あの……ごめんなさい。わたし……」

自分は彼が書けないことで苦しんでいることを知っている。しかも彼が……鏡ヒロだというならば、それは今に始まったことではない。ここ何年も〝鏡ヒロ〟は新作を書いていないのだから。

「あなたが、謝ることではありません。事実ですから。それに謝らなければいけないのは私の方です」

肩を落として寂しそうに笑う鏡二に、小夜子の胸がなぜか痛む。

（怒っていたのはわたしなのに……なのに、どうして広田さんの腕を振りほどけないんだろう……）

抵抗を見せなくなった小夜子の腕を摑んでいた手を離すと、今度はその手でしっかりと小夜子の手を握った。

摑まれていた時に感じていた怒りが、優しく手を握られたことで和らいだ気がする。まだ怒りは継続しているけれどそれでも、相手の話を黙って聞けるくらいの冷静さは取り戻していた。

「小夜子さん、急いでいるんですよね。私の車に乗ってください」

「……でも」

渋る小夜子に、鏡二は言葉を続けた。

「小夜子さんがよければここで話をしてもかまいませんよ。私は誰に見られても、なにを言われても、あなたとお話できるまで帰すつもりはありませんから」

鏡二は小夜子の返事を待たずに、止めてあったドイツの高級車の助手席のドアを開けた。

「ほら、早く」

こんなところで、押し問答をしている場合ではない。もし仕事を終えた今野に見られたら変に思われるに違いない。

時計を確認すると、このままバスに乗って試合会場まで行くのでは間に合いそうにない。だから仕方ないのだと自分に言い訳をして、小夜子は鏡二の車に乗り込みシートベルトを締めた。

小夜子が車に乗ったのを確認すると、鏡二は運転席に乗り込んだ。

「行き先はどこですか？」

「河川敷のサッカーグラウンドです」

小夜子の言葉に頷くと、鏡二はゆっくりと車を出発させた。

いつも見ている街並みが後方に流れていく。普段は徒歩やバスで通る道だからか、車から見ると違った景色に見えた。

（乗ったはいいけど、広田さんなにもしゃべらないし。気まずい……）

車の中でふたりっきりになると、先ほどの怒りがどんどん小さくなっていく。小夜子自身、元々そういった感情が長続きしないタイプだという自覚はあったが、自分の失言の方が気になってしまい、鏡二がどう思っているかが気がかりだった。

しばらく走ったあと、大きな交差点の信号で止まった。

そこで鏡二はあらたまって助手席の小夜子をみつめて、謝罪の言葉を口にした。

「気分を損ねてしまったようで、すみません」

「わたしと今日会うのを黙っていたことですか？　それとも鏡ヒロだっていうのを黙っていたことですか？」

小夜子は怒りがおさまりつつあったとはいえ、どうしても口調がいつもよりきつくなってしまう。

「そのどちらもですね」

小夜子がどうして怒っているのかはわかっているようだ。

「広田さんは、わたしがあなたの……〝鏡ヒロ〟のファンだと話すのを面白がって聞いてたんですよね？」

「それは違います！　純粋に……嬉しかった。自分の作品を私と同じように大切に思ってくれている人がいることが嬉しかったんです。ただそれを言うタイミングを逃してしまったんです。いつ言おうか、そもそも信じてもらえるのかと考えているときに、あの講演会の事務局の補佐にあなたが付いていることを、事前にいただいていた資料を読んで知ったんです。それならば、その時まで黙っておけば、サプライズにもなるかと……」

真剣な彼の目に嘘はないように思えた。

（もう、これ以上ないくらいのサプライズだった！）

「だったら、どうして……それに、あの……その官能……小説は？」

（鏡ヒロなら、あのジャンルの小説は書かないはずだ）

「あなたが思っていた鏡ヒロなら、あの手の話は書かないと言いたいんですね？」

思っていることをずばり言われて頷く。

そのとき信号が青に変わり、鏡二がアクセルを緩やかに踏んだ。

「本来の私の仕事はあちらなんです。私のデビュー作は官能小説ですから」

「え？　うそ……」

小夜子は驚いて目を見開く。

「そんなにおかしいですか？　今でも私の収入の大部分は官能小説に負っています。ふと思いついた作品を〝鏡ヒロ〟名義で書いたんです。それを藤沢が文芸部に持ち込んだら、たまたま日の目をみたということです。おわかりいただけましたか？」

（たまたまであれほどの作品が書けるとは思えないけど……）

「あの、広田さんの事情はわかりました」

「では、機嫌をなおして私の方を見てはもらえませんか？　小夜子さん」

小夜子は鏡二の方を横目でチラリとみる。

「もう、隠し事はないですよね」

「はい、洗いざらい白状しました」

肩を落とした姿がなんだか可愛くて、小夜子は思わず笑顔になった。

「最初から正直に言ってくれていれば、こんなことにならなかったのに」

「すみません。あなたと会うと楽しくて、難しい話はついつい後回しにしてしまいました」

(楽しいって……)

頬が緩んでしまいそうな、嬉しい言葉だ。

(わたしったらさっきまで怒っていたのに、現金だな)

「まさか、こんなに怒るとは……覚えておきます。あなたを怒らせると怖いんだってことを」

「広田さんっ!」

そんなやり取りをしていると、目的の河川敷についた。

車を停めてグラウンドまで降りると、すでに試合は後半戦に入っていた。

「あの、広田さんまでどうして?」

「いいじゃないですか。サッカーが好きなんです」

(そういえば、この間も日向とリフティングしてたっけ?)

「ほら、日向くんチャンスですよ」

鏡二に言われてグラウンドに目をやると、ちょうど日向がゴールを決めたところだった。

「日向ー！」

嬉しくて声をあげて手を振る小夜子に、日向も気がついたようで大きく手を振り返してきた。そして隣にいる鏡二を見て、同じように手を振っていた。

「日向といつの間にそんなに仲良くなったんですか……」

「男子というものは、共通の話題があればすぐに仲良くなれますから」

「あ、サッカーですか？」

「違います。小夜子さんですよ」

たしかに、ふたりの間に共通するものといえば小夜子なのだが。

「ふ、ふたりでこの間なんの話をしてたんですか？」

「それは男同士の秘密です」

ニヤリと笑うだけで、話の内容は教えてくれない。

「それより、今はサッカーを楽しみましょう」

そう言った鏡二の顔を、小夜子はサッカーの試合そっちのけでこっそり見てしまう。

いつもは落ち着いた大人の男性なのに、今はすごくキラキラした目でボールを追いかける子供たちを見ていた。

（この人が〝鏡ヒロ〟なんて信じられないな）

小夜子は今日知った衝撃の事実をもう一度、出会いの場面から思い返してみる。

小夜子の本の評価の基準は鏡ヒロだ。だから小夜子の本の好みと鏡二の本の好みが似ていたとしても不思議ではない。鏡二は鏡ヒロそのものなのだから。

（わたし、知らなかったとはいえこれまでずっと憧れの人と過ごしてたんだ）

それまでのことを思いだして、赤くなったり青くなったりする。正直、日向のサッカーの試合内容などほとんど頭に入ってこない。

気がつけば、試合終了のホイッスルが鳴り響いていた。

「日向くん、頑張ってましたね」

鏡二の言葉で我に返り「はい」と短く答えた。試合なんてほとんど見ていなかったとは、さすがに言えずに。

コーチに集められた子供たちは、真剣に話を聞いていた。応援していた親たちも帰り支度を始めている。

「姉ちゃん！」

話が終わったのか、遠くから手を振りながら日向が駆けてきた。汗を浮かべた可愛い弟の満面の笑みは小夜子を幸せな気分にする。

「あ、広田さんも。もしかして今日ふたりデートだった？」

「な、なに言ってるのよ。日向！」

慌てる小夜子にはお構いなしに、日向は続ける。

「じゃあ、今からデート？　大丈夫、母さんには黙っといてやるから安心しろよ」

「では、お言葉に甘えてデートしましょうか」

日向の言葉を受けて鏡二が、小夜子に笑いかけた。

「もう、広田さんまでやめてください」

「仕方ないなぁ。広田さん特別に送り狼になってもいいですよ」

「なっ！　日向、本当にいい加減にしなさいよっ！」

日向が鏡二の腕を肘でつついている。

「それも、是非お言葉に甘えたいですね」

「子供の言ってることを真に受けて、なにを言ってるんですか⁉」

ふたりのやり取りの間に挟まり、小夜子だけが右往左往していた。

（日向ったら、〝送り狼〟の意味わかってるの？）

慌てている小夜子を無視して、ふたりで楽しそうに話している。

「でも、ちょうどよかった。このまま友達と走って帰ろうって話してるから、姉ちゃんと一緒に帰れないんだ。広田さん、姉ちゃんのこと送っていってください」

「わかりました。お姉さんのことはまかせてください」

（もう……これ以上なにを言っても無駄だわ）

苦笑する小夜子の耳に「危ない！」という声が届いた。その瞬間、手を引っ張られて体がぐらりと揺れ、鏡二にぐっと抱きしめられる。

――バンッ。

「……っう」

足元にボールが転がるのが見えた。腕の中で顔をあげると苦痛の表情を浮かべた鏡二と目が合い、状況が飲み込めた。飛んできたボールに当たりそうになった小夜子を鏡二が庇ったのだ。

「大丈夫ですか、小夜子さん？」

「わたしはなんともありません。それより広田さんこそ大丈夫ですか？」

表情から察するに、どこか痛めたに違いない。

「少しボールが当たっただけです。かっこよく避けられなくてすみません」

痛みを誤魔化すように左手をぶんぶんと振ると、背中に隠して笑顔になる。

何人かの子供がすみませんと謝りに来た。その子たちにも大丈夫だからと言っている。

「オレ、冷却スプレー持ってる」

足元に置いてあったスポーツバッグからスプレーを取り出すと、日向が鏡二の手首に吹きかけた。

「ありがとう。準備がいいですね」

「本当にすみません。わたし全然気がつかなくて」

かばってもらったうえに、怪我をさせてしまった。小夜子は申し訳なくて肩を落とした。

「では、車の運転をお願いできますか？　この手であなたを乗せて運転して、万が一のことがあったら困りますので」

「はい！　わたし、ゴールド免許なんで大丈夫です」

「それは頼もしいですね。ではお願いします」

鏡二は日向の方を向いて、怪我していないほうの手でクシャリと頭を撫でた。

「次に会うときは、一緒にサッカーしましょう」

「わかった。姉ちゃんのことよろしくお願いします」

日向が鏡二に頭を下げる。

「今日は私が送ってもらうんですけどね。では行きましょうか、小夜子さん」

「はい。日向、お母さんによろしくね」

階段を上り切ると、もう一度日向に手を振ってから、駐車場へ向かった。

（わたし運転するって言っちゃったけど……外車なんて、大丈夫かな）

自信満々にゴールドだと言ったけれど、せいぜい運転するのは公用車の軽自動車だ。鏡二の車はハンドルこそ右側だがいろいろと勝手が違うだろう。

車を目の前にして固まってしまった小夜子に鏡二が声をかける。

「運転の仕方を忘れてしまいましたか？」

「あ、いえ…大丈夫です」

小夜子は不安を悟られないように、ドアを開けて運転席に乗り込んだ。それと同時に鏡二も助手席に座る。

「え〜と…まずは」

座席が随分後ろだ。鏡二との足の長さがこれほど違うのかと思いながら前へ寄せた。

ゆっくりとエンジンをかけて、車を発進させる。

「真剣な顔の小夜子さんもいいですね」

助手席から鏡二が、興味深そうに小夜子を見ているのが目に入る。

「初めて見たみたいに言わないでください。仕事中も真剣な顔をしていました」

「そうでしたね。真剣に私に怒っていました」

軽く鏡二を睨む。

「ほら、よそ見しないで前を向いてください。私はあなたとなら死んでもかまいませんが、できればもう少し楽しい時間を過ごしてからのほうが嬉しいです」

「え、縁起でもないこと言わないでください」

小夜子は慌ててハンドルを握りなおした。

それから何度かウィンカーとワイパーを間違えはしたものの、小夜子の運転する車は鏡二のマンションへ無事にたどり着いた。

「運転お疲れ様でした。お茶でもどうですか……っと困ったな」

シートベルトをはずして鏡二の顔を見る。痛めていない右手を口元に持っていってなにかを考えているようだった。

「どうかしましたか？」

目の前で困った顔をしている相手をほうってはおけず、小夜子は尋ねた。

「実は、いつも来てくれている通いの家政婦さんが、娘さんの出産で一ヶ月ほどお休みなんです。なんとかやれてはいたんですけど、この手では……」

そういえば、前回部屋へ入った時もコーヒーのありかがわからないと言っていた。そんな状況で一ヶ月もあの部屋でひとり、しかも今日に限っては小夜子のせいで怪我までしている。大変な状況であることは理解できた。

「わたしでよければ、お手伝いしましょうか？」

結局小夜子はそう言うしかなかった。

「悪いですね、催促したみたいで」

ニコニコと笑う鏡二に悪気はないと思いたい。そう切に願いながら。

タワーマンションの二十三階へエレベーターで向かう。本当にあっと言う間に到着するのだから驚きだ。

「ちらかってますけど、どうぞ」

扉を開けた鏡二が小夜子を中へ案内する。しかし玄関に入っただけで違和感を覚えた。

……先日来た時と明らかに様子が違う。

玄関には靴が散乱しているし、廊下にはタオルが二枚落ちている。

（もしかして…部屋の中はもっと？）

落ちているタオルを気にする様子もなく、鏡二は中に入っていく。そしてリビングへ続く扉の前に立ったとき、小夜子は絶句した。

「散らかってるっていっても、ほんの少しでしょ？」

なぜか笑顔の鏡二に向かって、小夜子が声をあげた。

「これのどこが〝ほんの少し〟なんですか⁉」

まるで泥棒でも入ったかのように、いろいろなものが散乱している。足の踏み場がないというのはまさにこのことだ。

丸めた原稿や、脱ぎ捨てた服や使ったあとのタオル。それらが至る所に投げ捨てられている。この間小夜子が座ったソファは完全に物置になっていた。

かろうじてキッチンは使用頻度が低いおかげで綺麗だったが、シンクには使ったコップが重なっていた。

「あれ？　少しだけだと思うけど。……痛っ」

笑いながら歩いていた鏡二が、足元に転がっている本に躓いた。

「危ないですっ！　手が使えないんですから転んだら大変なことになりますよ」

自分でも説教がましいと思った。けれどここにきて姉体質がむくむくと顔を出す。

「わたしが片付けしますから、広田さんは静かに座っていてください」

「無理なら家政婦さんがくるまで、このままでも……」

申し訳なさそうに頭を掻く。

「それまでに広田さん病気になるか、なにかに躓いてまた怪我してしまいます。いいから
わたしに任せてください」

「ありがとう。必要なものはなんでも使ってください」

「わかりました」

腕まくりをして早速床に散らかっている洋服を拾い上げながら、鏡二を書斎に追いやっ
た。

「さてと……」

部屋の中をぐるりと見渡し、早速掃除に取り掛かる。

（広田さんがこんなだなんて、意外だったな）

シュンとした顔がいつもの大人の顔とは全く違っていて、そのギャップがおかしかった。

小夜子はてきぱきと手を動かし、どんどん部屋を片付けていく。

ふと床に散らばっているクシャクシャに丸められたコピー用紙を拾い上げた。そこに縦書きの文字が並んでいる。鏡二の原稿だ。

（こんなになってるってことはボツ……なんだよね？）

自然と目が文章を追う。それは前回この部屋で朗読した……いや、させられた官能小説だ。あの時の記憶がよみがえってきて、心拍数が上がる。読むのをやめれば済むのに、なぜか目が離せない。

（内容はアレだけど……やっぱり同じ人が書いたんだ）

作品のジャンルはかけ離れている。けれど改めて冷静になって読めば官能小説の中にも〝鏡ヒロ〟らしさが見てとれた。

文章を読んで脳内に浮かぶ景色や情景が鮮やかなのだ。〝鏡ヒロ〟の作品が水彩画のような淡い色合いだとすれば、今手元にある官能小説はドギツイぐらいの原色の情景が思い浮ぶ。それはそれぞれの作品のイメージに合っている。

「……あ」

夢中になって読んでいると、雑誌の山が崩れ落ちた音で我に返る。

「掃除の途中だったんだ」

床にまだ無数の原稿が散らかっている。是非読んでみたい。

この間まで自分が読むなんて思ってても見なかったジャンルの小説を、小夜子は心から読みたいと思っていた。どの名義で書いたのかではなく単純に〝広田〟が書いたものに興味があるのだ。

（とにかく、まずは部屋を片付けないと）

クシャクシャに丸められていた原稿は、すべて拾って丁寧に伸ばした。それをひとまとめにし、テーブルの上に置く。なんだか処分してしまうのは気が引けたからだ。

そのあと、崩れ落ちた雑誌を整理することから片付けを再開した。

完璧とは言えないまでも、それなりに部屋が片付いたので小夜子は夕食を作ることにした。冷蔵庫を覗くと玉ねぎ、ベーコンとチーズ。それに冷凍してあるキノコとご飯を発見した。

「この材料なら、チーズリゾットが作れそう」

時計はすでに十九時半を指していた。鏡二もそろそろお腹がすいているはずだ。小夜子はキッチンに立って食事の準備を始めた。リゾットと言っても、本格的なものではない。けれどすぐに準備ができ、なおかつおいしい小夜子の得意な時短レシピのひとつだ。

手際よく準備をして、コンソメでご飯を煮詰め始めたころ、匂いに誘われた鏡二が書斎から出てきた。

「あ、勝手にキッチン使ってます」

「それはかまいませんが、わざわざ料理まで。どこか外にでも行こうと思ったんですけど」

小夜子は差し出がましいことをしてしまったのかもしれないと、後悔しかけた。

「すみません。お仕事してるなら、ここで食べられた方がいいかなぁと思って」

「なぜ謝るんですか？　小夜子さんの手料理が食べられるなんて、嬉しい限りですよ」

鏡二は、小夜子と向かい合う場所においてあるカウンタースツールに腰かけた。

「あり合わせのもので作ったので、期待しないでください」

（どうせならちゃんとした料理を食べさせたかったなぁ……どうせならって、なに言ってるんだろう、わたし）

鏡二のためになにかしたいという思いが、自然と胸に湧き上がってきたことに、小夜子自身が驚く。喜んでもらいたいだけ。そう言ってしまえば済む話なのだろうけど、それだけでは説明できない思いが小夜子の心の中にあった。

「すごくいい匂いですね」

鼻をクンクンさせる鏡二を見て小夜子は笑う。

「ここから見る小夜子さんがすごく特別に見えます」

とろけるような笑顔の鏡二にドキッとする。

「どういう意味ですか？」

「……いえ。あまり気にしないでください。でもここでしばらく料理をしているあなたを見ていてもいいですか？」

怪我をしていない方の手で頬杖をつき、甘い瞳で小夜子を見つめた。

「別に……かまいませんけど」

ドキドキと胸が音を立て始め、小夜子はそう答えるしかできなかった。

結局鏡二は、小夜子がリゾットを作り終えるまでカウンターで作業を見守っていた。特になにかを話すわけでもなかったけれど、目が合うと甘い視線に捉えられる。

小夜子は胸の鼓動がこれ以上大きくならないように、極力鏡二の方は見ないようにしてやっと完成させた。

リゾットと一緒に、冷蔵庫にあったキャベツとハム、それに食品庫の中にあったコーン缶でコールスローサラダを作りテーブルに並べる。

「久しぶりのまともなご飯です。いただきます」

丁寧に手を合わせて、鏡二がスプーンを持つ。

「片手で食べやすいリゾットにしたんですが、どうですか？」

スプーンに乗せたリゾットを、フーフーと冷ましている鏡二に尋ねた。

「リゾット好きですよ。小夜子さんが美味しいと思うものであれば、私もきっと好きなはずです。私たち好みが似てますから」

　確かにそうだ。食べ物の好みも似ている。

「よかっ……」

「ただ……欲をいえば、〝あーん〟してくれれば文句なしですけど。どうせなら両手を怪我すればよかったです」

「ばっ……バカなこと言ってないで早く食べてください」

　恥ずかしくなった小夜子は自分もスプーンを持ち、食べ始めた。少し冷ましてから口に運ぶとチーズのいい香りが鼻に抜ける。

（上出来。きっとあのチーズ高級なんだろうな）

　ふと鏡二の方をみると、まだ息をかけて冷ましているところだった。

「まだ食べないんですか？　あっ、そういえば猫舌……ごめんなさいすっかり忘れていて」

「気にしないでください。それとも小夜子さんが私の分まで〝フーフー〟してくれますか？　あなたの息がかかったリゾットが食べられるなんて、猫舌も悪くないですね」

「し、しませんからっ！　根気強く冷まして食べてください」

　全力で否定する小夜子を見て、鏡二は肩をゆすって笑っていた。

「仕方がありません。奥の手を使います」

　そう言った鏡二は、食器棚からお皿を取り出してきて、そこにリゾットを広げた。

「行儀が悪いですが、一刻も早く小夜子さんの作ったリゾットを食べたいので許してください。こうすると早く冷めるんですよ」

手際の良さに感心する。

「猫舌歴長いですからね。生活の知恵です」

「ふふふっ……猫舌も大変なんですね」

自分よりも随分大人だと思っていた鏡二の、素の部分に触れるたびに胸の中がくすぐったくなる。

小夜子の目の前にいるのは〝広田鏡二〟だ。それは、彼の正体が判明した今でもかわらない。最初は戸惑いはしたものの、いつしか小夜子はそのままの彼を受け入れていることに気がついた。

（広田さんは、広田さんだもの。それは変わらない）

目の前で「熱い熱い」とリゾットと悪戦苦闘の後、口に入れて「おいしい」と笑顔になる鏡二を見ながら小夜子はそう思ったのだった。

食事を終えて、片付けを手伝うと言い張る鏡二を書斎に押し込んで、小夜子は手早く片付けをした。そしてコーン缶と一緒においてあったトマト缶と冷蔵庫の中にあった野菜を使い、ミネストローネを作っておく。

（これなら明日の朝も食べられるし、栄養面でもコンビニのお弁当よりはマシなはず）

ゴミ袋の中をいっぱいにしていたお弁当の容器を思い出した。作家は体が資本だと聞いたことがある。少しでも体にいいものをと思う小夜子の心遣いだ。

（ちょっと、やりすぎかな……）

そうは思うが、もう作ってしまった。リゾットも喜んで食べてくれたのだから、きっとミネストローネも明日食べてくれるだろう。

キッチンを片付けて、アイスコーヒー用に挽かれた豆を使ってコーヒーを淹れた。

（本当になんでもそろってるんだなぁ）

氷の上に熱いコーヒーをそそぐと、カランと音が響く。グラスについた水滴を拭いトレイに乗せると、書斎の扉をノックした。

「はい。どうぞ」

中から返事が返ってきて、扉を開く。鏡二は振り向くことなく机にむかったまま赤いペンを走らせていた。

「すみません、キリのいいところまで済ませてしまいます」

「気にしないでください。コーヒー淹れたんでお持ちしました」

ペンを持ったまま、鏡二が振り向いた。

「赤いペンで原稿書くんですか？」

「いや、これは修正を入れているんです。この魔法の赤インクの万年筆でやると早く終わる」

「大事なペンなんですね」

手元に置いてある原稿を覗きこんだ。

「これは、この間のですか？」

「はい。残念ながら〝鏡ヒロ〟のではないですけど。やはり小夜子さんも……鏡ヒロの作品を読みたいですか？ あなたが私に期待するのは鏡ヒロとしての私ですよね？」

突然尋ねられて驚いた。たしかにファン心理としては新作を読みたいのが本音だ。

「それは……読みたいですけど、でも」

「でも、読めない……とおっしゃりたいんですよね？ 私は鏡ヒロとしては随分長いスランプの中にいますからね」

鏡二が自分を責めるような言い方をしたので、慌てて弁解する。

「違うんです。この間いただいた〝キョウジ〟として書かれた作品を読みました。官能小説だなんて言うから身構えてしまっていたんですけど、実は最後まで一気に読んでしまいました」

鏡二はなにも言わずに、ただ小夜子の言葉を待っていた。

「たしかにジャンルは違いますけどやっぱり広田さんの書いた文章なんですよ。だから

〝キョウジ〟として表現したいものができているならそれでいいじゃないですか。広田さんは広田さんです〝鏡ヒロ〟でも〝キョウジ〟でもどちらでもいいんですよ」

（小説を書いたこともないわたしがこんなこと言うなんて、生意気かな……）

言ってしまったあと、不安になって鏡二の顔をそろりと盗み見ると穏やかな顔をして小夜子を見ていた。

「私は、私ですか……」

鏡二は思案顔でトントンとばらけた原稿を整えはじめたので、小夜子は気になっていたことを聞いてみる。

「あの、デビュー当時から藤沢さんが広田さんの担当なんですか？」

「そうですが、それがどうかしましたか？」

「あの、たまたまトイレで藤沢さんに会って、高校時代からの長い付き合いだって聞きました」

「まぁ、そうですね。いろいろ世話になってますから。他にもなにか藤沢から聞いたんですか？」

「いえ、そういうわけじゃないんですけど」

〝いろいろ世話〟という単語が引っかかる。

「藤沢も地元はここで、高校・大学と同級生だったんです。私を小説家としてデビューさせてくれたのも藤沢ですから」

藤沢——同級生ならそう呼び捨てにするのも頷ける。小夜子は自分が思っていたよりもふたりが一緒に過ごして来た時間が長いことを、改めて思い知らされた。そしてその関係性が同級生から仕事仲間に変わった今でも続いているということは、ふたりの絆は相当強いに違いないと思った。

藤沢が言った『女として』という言葉が本当なのかどうか確かめたかったが、勇気がでずに結局別の話題を振ってしまう。

「お仕事は進みましたか？」

「あぁ、こっちはほぼ終わりました。問題は……新作の締め切りが近いことです」

パソコンの画面には、文章が打ち込まれている。でも、途中でカーソルが止まったままだ。

「あっ……手が」

「そうなんです。右手が使えるからペンを持つのは大丈夫なんですが、パソコンとなると片手だとすごく時間がかかってしまって」

普段両手でタイピングするときのスピードとは比べものにならないだろう。右手の指先がもどかしそうに机をトントンとたたいている。

（わたしを庇ったせいで、仕事にまで支障がでるなんて、どうしよう）

自分を責めつつ、小夜子にある考えがひらめく。

「あの、ご迷惑でなければわたし代わりに打ち込みますよ」

小夜子の申し出を鏡二は最初断った。

「それはありがたいことですが、結構な時間を拘束してしまいますから。それに明日になれば手もよくなるはずです」

「でも、それではお仕事が遅れてしまいますよね」

「確かにそうですが、少しくらいなら問題ありません」

鏡二は小夜子を心配させまいと笑顔を浮かべたが、それが余計に小夜子の罪悪感を大きくした。

「自分のせいで広田さんに迷惑がかかっているのに、帰ることなんてできません。わたしに手伝わせてください」

小夜子の勢いに、とうとう鏡二も首を縦に振った。

「そこまでおっしゃってくださるのなら、お願いしましょうか」

「本当ですか？　わたしこう見えてもタイピングは早いんで、きっとお役に立ちますよ」

「期待しています」

席を立った鏡二に代わって小夜子が椅子に座り、キーボードに手を置く。鏡二が身をかがめて画面を覗きこんだ。

「どこまで書いてたっけ……えーっと。うーん、でもここからじゃ画面が見づらいな」

椅子に座っている小夜子にはなんの問題もないが、立ったままの鏡二からはパソコンの画面が部屋の照明を反射して見づらい。

屈んで画面を確認しているが、ずっとこのままの体勢でいるのは少々無理がある。

「どうすればいいですかね」

小夜子も一緒に考えようとしたが、その前に鏡二が名案を思いついたようだ。

「あぁ、ふたり同時に画面を見ることができる、画期的な方法を思いついてしまいました」

「そうなんですか、早速試してみましょう」

「では小夜子さん、いったん椅子から立ってください」

「え?」

戸惑いながらも鏡二の言う通りにする。

「で、私が座る」

「あの、でもそれだと、わたしタイピングできないんですけど」

(どこが名案?)

心の中で思わず突っ込んでしまう。

「大丈夫です、ここに小夜子さんが座ればバッチリですから」

鏡二は笑顔を浮かべて、自分の膝をポンポンとたたいた。

「え？　なんで、そこにわたしが？」

（広田さんの膝の上なんて、座れるわけないじゃない）

「なんでって、効率よく仕事を進めるためですよ。それとも小夜子さん、他になにかいい案がありますか？」

そう言われても、すぐには思いつかない。

「今はこれ以上の案がないのですから、一度これでやってみましょう」

簡単に言うけれど、男性の膝の上なんて、幼いころ父親の膝の上に座った時以来だ。緊張しないわけがなかった。

（でも、タイピングひきうけちゃったし）

小夜子は意を決して「失礼します」と声をかけて鏡二の膝の上に座った。ちょこんと座ってできるだけ体重をかけないようにする。

「そんな座り方では不安定です。もう少し深く座って、私に体重を預けてください」

「いや、あの……重いですから」

「そんなことありません。遠慮なさらずに、ほら」

「きゃっ」

腰に手を回されて抱きかかえられるような格好になった。そしてそのまま引っ張りあげられ、小夜子の背中は鏡二の胸板と密着する。

「ふふふ……かわいらしい声ですね」

背後にいるので表情を見ることはできない。けれど笑っていることだけはわかった。

「あの、もう少し離れてくださいい」

(こんなに密着すると恥ずかしい。それに息が耳にかかっちゃう)

鏡二の声に反応して、体を揺らすことなどあってはならない。けれど耳元近くでささやかれると小夜子は抵抗できなかった。

「ダメですよ。それでは椅子から落ちてしまいます。このままタイピングに集中してください」

「そんな……無理です」

「では、今日の仕事は諦めましょうか……明日以降寝ないで書けば大丈夫ですから」

「そ、そんな。それはダメです。わかりました。このまま進めましょう」

(これ以上睡眠時間を削ったら、体壊しちゃうかもしれない)

「では、小夜子さんの準備ができたみたいなので、早速始めましょうか」

腰に回された手がシートベルトのように、ギュッと小夜子を鏡二に固定した。

(もう覚悟決めて集中！　集中！)

小夜子はパソコンの画面に自分の意識を集中させる、つもりだった。

「小夜子さん、そこ漢字が違いますね……〝体〟ではなく〝身〟をつけて〝身体〟です」

「……はい」

背後から抱きしめられたまま、鏡二が耳元でささやく言葉をタイプしていく。集中しようと努めるが、言葉が発せられるたびに吐息が耳をかすめて体の力が抜ける。

（ただ、小説の文章を口にしているだけなのに、どうして反応してしまうの？）

自分の体なのに制御できないことに、小夜子は戸惑っていた。

「さ……よこさん？　小夜子さんどうかしましたか？」

「いえ、あの……続けてください」

本当のことなど言えるわけもない。けれど背後から回された鏡二の手がごそごそと動きだす。

「なんだか、ここの言葉がしっくりこないんですよね……。ちょっと失礼」

「え……？　ンっ……な、なにを」

鏡二は小夜子の髪をサイドに流し、あらわになった首筋にやわらかいものを触れさせる。そのあとすぐに湿った感触があって、それがゆっくりと首筋をなぞるように移動した。

「あっ……広田さんっ、ヤダっ……」

鏡二の腕に拘束されているので、抵抗しようとしてもできない。首筋をねぶっていた鏡二のいたずらな口が今度はそこを甘くかじった。その瞬間それまでのゾクゾクした感じとは違うなにかが体を抜けて、ビクリと体を揺らしてしまう。

「ふっ……相変わらずの良い反応ですね。甘噛みされるの好きですか？」

「……っ……う……嫌ですっ……こういうのはっ……」

「本当に？」

クスクスと笑いながら耳元で問われる。その鏡二の態度から本当は嫌ではないという小夜子の思いが伝わっているようだった。

抵抗せずにいると耳の中にぐちゅりという音が響き、ぬるっとした感覚があった。鏡二が舌を耳に差し入れたのだ。

「あっ……なにを……こんなこと……」

「仕事を手伝ってくれるんですよね。小夜子さんとこうしていると、どんどん文章が浮かんできそうです」

「あっ……でも、そういうつもりじゃ」

「では、手伝ってくれると言ったのは嘘だったのですね」

〝嘘〟という言葉を使われると、途端に罪悪感が胸に渦巻く。

「嘘じゃないです。……ちゃんとお手伝いするつもりです……ひゃん」

気がつけばカットソーの裾から鏡二の大きな手が入りこんで、小夜子の臍のあたりをくすぐる。

「では、ぞんぶんに手伝ってもらいますよ。小夜子さんのトラウマの克服にもつながりますしね」

（わたしの〝トラウマの克服〟？）

そう言われてこの間のソファでの行為を思い出した。

「ん……前と、同じっ……こと……はっ……するんです……か？」

鏡二の手のひらが体をまさぐる。いわゆる性感帯を触られているわけではない。優しく肌をすべるだけなのに、体に与えられる刺激は、こういうことに慣れていない小夜子にとってかなりのものだ。

「この間と同じでは、進歩がないでしょう？　今日はそれ以上のことをするつもりですよ」

次の瞬間プチンという音がして、体の締め付けがなくなった。

「やだ……どうしてっ……あぁ」

熱くて大きな手のひらが、小夜子の胸を持ちあげるようにして揉み始める。カットソーの中で手のひらが胸を弄んでいるのがわかった。

「本当に吸い付くような肌ですね」

「そういうことっ……言わないでぇ」

「でも事実ですから、私の手が離れたくないといってダダをこねてるようです」

手のひらで包むようにして力を加えた後、指先でくすぐるようにする。まだ触られていないのに、赤いてっぺんが硬くなっていくのを小夜子は感じていた。

（恥ずかしい……でも、どうしてこうなっちゃうの？）

優しい愛撫に、全身に鳥肌がたつほど小夜子は感じてしまう。

「この本の主人公の真奈美もすごく感じやすい設定なんですが、小夜子さんにはかないませんね」

「そんな……わたし、感じやすくなんか……ない……です」

否定したその矢先に、とがりきった乳首をギュッと押しつぶされる。

「ひゃあん！」

「すみません。手がすべってしまって。感じやすくない小夜子さんだから、我慢できますよね」

〝すみません〟と口では謝ってはいるが、行為をやめようとはしない。

（感じてるの、わかっててやってる……）

自分が嘘をついているのを、見やぶられていることを恥ずかしく思う。しかもそれを逆手にとって、鏡二の手の動きは激しくなっていく。

「こんなところ触られたところで、なんでもないですよね」

笑いをこらえた様子の声が、また小夜子を煽る。

「……もう、ダメなんです。もう」

ハァハァと息が上がってくる。体の内側から熱がどんどん湧いてくるのを感じて戸惑う。キーボードに置かれていた手が動くたびに、意味のないアルファベットがパソコンの画面に並んだ。

「ここからのシーンは真奈美が英二のものを舐めるんですが……」

（な、舐めるって、アレを舐めるってこと？　……そんなの無理）

「さすがに小夜子さんにお願いするのは申し訳ないので、代わりに私の指を舐めてもらえますか？」

「ふっ……んっ」

断ろうと口を開きかけた唇の間に、鏡二の長くてしなやかな指が二本侵入してくる。小夜子の言葉はそのまま口の中に押し込まれ、動き回る鏡二の指にかき消された。

「あふっ……んっ」

「小夜子さんの可愛い舌が、私のを舐めてると思うだけで興奮してしまいますね」

吐息交じりの声が、耳から小夜子の脳内を犯していく。

鏡二の指が舌に絡み、開きっぱなしの唇から唾液が流れ出る。それが首筋まで垂れると、鏡二は唇でそれを拭った。

「指を舐めているだけでも気持ちいいですか？　……私がこれだけ気持ちいいんですから、小夜子さんも気持ちいいでしょうね」

意地悪な言葉を呟かれるたびに、下腹部が疼く。それを見透かしたかのように、胸をまさぐっていた大きな手のひらが太腿を撫で上げた。

視線を落とすと、タイトスカートが随分上までずり上がっている。鏡二の膝の上という不安定な場所で体をよじらせ、落ちないようにしていたせいだろう。

あと数センチで下着が見えてしまうところまで、めくれあがっていた。

「うーっ！　うー」

首を振って、これ以上のことをしないように懇願する。しかしそれよりも気になることがあった。

（もしかして手、二本とも動いてる？）

鏡二は小夜子を庇って、左手を怪我したはずだ。それなのに今その左手の指は、小夜子の口内に差し込まれ、舌を弄んでいた。

（ど、どういうことなの⁉）

しかし小夜子は今、その理由を考える余裕はなかった。

「あ……でもこのままじゃ脱がせられませんね」

（脱がすって……なにを？）

頭ではわかっているけれど、問わずにはいられなかった。しかし、その質問は鏡二に届かない。

「ちょっと、すいません」

小夜子の口から指を抜いて鏡二が椅子から立ち上がる。小夜子はそのまま机に突っ伏して、お尻をつき出すような恰好になった。

「ちょっと、待って……広田さん手は？　……やっ……」

鏡二の手のことに気を取られている隙に、一気にパンストとショーツが引きずり降ろされた。

「ヤダっ……！　どうして……」

「先日みたいに破いてしまった方がよかったですか？　まぁその方が興奮しないでもないですが……でもこの恰好も十分にそそりますよ」

小夜子の白いお尻は今、鏡二の視線にさらされている。そう思うだけで、体が熱くなる。急いで隠そうとしたが、それよりも早く小夜子の手は鏡二に摑まってしまう。

「ダメでしょう。小夜子さんのお仕事は私の代わりにタイピングすることです。キーボードから手を離してはいけませんよ——いくら気持ち良くても」

太腿と太腿の間に、鏡二が指を滑り込ませる。

（そこは……いま触られたら……）

小夜子はその場所がどんなことになっているかわかっていた。だから、どうしても鏡二には触れられたくなかった。最後の抵抗として太腿を閉じたが時すでに遅し。鏡二の指は小夜子の濡れた場所にたどりついていた。

――クチュリ。

小夜子の耳に恥ずかしい音が響く。もちろん鏡二にも聞こえているだろう。

「あぁ……もうこんなになってしまっていますね。もう少し早く脱がせてあげるべきでした。気がつかずに申し訳ありません」

「……んぅ……ふぁ……」

今までとはレベルの違う刺激が、下腹部を直接襲う。

首をいやいやと振ってみるが、鏡二はそれさえも楽しんでいるようだ。

「広田さ……んっ……手は……？」

こんなときなのに、どうしても気になった鏡二の手のことについて尋ねた。その間も間断のない刺激に翻弄され続ける。

「あぁ、あなたの体に触れていたらすっかりよくなりました。不思議ですね。小夜子さんの体は……」

「そ……ん……なぁ……あぁぁ」

どんなに太腿を閉じても鏡二の指は動き続けた。そして濡れた割れ目の先にある突起にたどり着く。

「あぁ……くっ……！」

思わず大きな声を上げてしまい、慌てて唇を噛む。なんとか声を抑えようとするが、一方で鏡二はもっと声を上げさせようと躍起になっていた。

「どうして、そんなに我慢するんですか？　素直に乱れたあなたが見たい」

首を振って抵抗する小夜子を見て、鏡二は思わせぶりに笑う。

「まあ、あなたが我慢しても、ココからはすごい音がしてますからね」

ひときわ激しく、小夜子の最も気持ちいいところを弄んだ。

「私が触るとすごく喜びますね。小夜子さんがかたくなに声を聞かせてくれないのなら、声が出てしまうように仕向けるしかありませんね」

クスクスと笑いながら意地悪なことを言う。

そう、本当ならば嫌なはずなのに、なぜか鏡二の言葉を聞くたびに胸がドクドクと大きな音をたて、体の中にたまっている快感の種が水を得たように芽を伸ばし成長していく。

「あなたはどこまで可愛くなるんですか」

「はっ……そん……なこと言われて……もっ」

途切れ途切れに言葉を返すのがやっとだ。しかし鏡二の〝可愛い〟の言葉に胸がキュッとなる。それは肉体的な快感から得られるものとはまた違った感覚で、小夜子の体だけでなく心も感じていることを表していた。

（可愛いって……広田さんがわたしのこと……⁉）

心と体は通じ合っているもので、そこから小夜子の体の反応が大きくなる。

「あなたの顔が見たい」

艶めいた声で誘惑されて、小夜子は思わず応じてしまう。

ゆっくりと顔を後ろに向けると、情欲に満ちた瞳が小夜子を待っていた。

「すごく魅力的な目ですね。それにこの唇も私に食べてほしそうにしています」

鏡二が小夜子の頬に手を添える。親指で優しく小夜子の下唇をなぞった。

そしてのしかかるようにして、激しく唇を奪う。さっきまで指で散々弄ばれた口内はもはや感覚がなくなっていたように思えた。それなのに、にゅるりと差し込まれた鏡二の舌には反応してしまう。

舌と舌が絡み合いザラザラした感触がもたらす刺激に、体がゾクゾクする。

その間も、小夜子の下半身は鏡二の指に嬲（なぶ）られていた。

「キス好きなんですね。ここが教えてくれています」

からかうような言い方に顔のほてりが強くなる。

「そんな……あっぁあ！　……はぁ」

指の動きが激しくなり、小夜子はこらえきれずに声を上げた。

「さて、そろそろ次のステップに進みましょうか？」

「ス……テップ？」

思考回路はまともに動いていない。それでも小夜子は必死で考えようとした。

「そう。今回は指を入れてみましょうか。これまでの快感とはまた違ったものが得られますよ」

……入れる。その言葉に体がぶるりと震えた。

「それは……ダメですっ……ふっあっ！」

否定の言葉を口にすると、鏡二の指が激しく動く。まるでＮＯを言わせないと言っているようだ。

「どうしてですか？　私はあなたが痛がることはしませんよ。現にこうして今あなたは気持ちよくなってますよね？」

「ちが……う……」

頭を持ち上げることもできないほどの快感に襲われる。

「そうですか。もっとしなくては気持ちよくなってもらえないのですね。では、やはりもう少し先に進むべきです」

頭をあげて全力で首を振る。汗で頬に髪がへばり付いているが、そんなこと気にしてはいられない。

「そうですか……ではひとつ交換条件を出しましょう」

（こんなときに、なにを呑気なことを……）

そうは思うが今の状況を打破するためには、それを飲むしかない。

「わかり……ました」

「さっきふと思ったんですよ。小夜子さんは私のことを〝広田さん〟と呼びますよね？」

「はい」

「すごく他人行儀じゃないですか？　こんなことまでしてる仲なのに」

「あぁあ！」

キュウっと敏感な芽をつまれて、ビクリと体が大きく揺れる。

「だから、私のことを〝鏡二〟と呼んでください」

（名前で呼ぶってこと……でも）

今、ふたりが行っている行為は、愛の上に成り立っているものではない。いくら小夜子の中に鏡二への思いがあったとしても、相手は〝トラウマの克服〟と〝小説の参考〟のためだと思っている。

だからこそ〝鏡二〟と名前を呼んでしまうと、ふたりの間にある見えない一線を踏み越えてしまいそうだ。そこを越えてしまえば彼に対して、小夜子の気持ちと同じことを望んでしまうのではないだろうか。

今まで恋愛をまともにしてこなかった小夜子は、こんな時どうするべきかわからない。

「あっ……アっ……はぁ」

嬌声ばかりが口をついて出る。どんどん鏡二の指の動きが激しくなる。

(もう……呼んでしまおう。そうしないとこの状態から解放されない)

考えることを諦めた小夜子は、鏡二のいいなりになることにした。

「っつ……はぁ……ン」

「私の名前が呼べませんか?」

その問いかけの中に、ほんの少しの寂しさが混じっていることに気づいた。

「呼びま……すっ。んっ……きょう……じ……さん」

途切れ途切れに名前を呼んだ。そのとき一瞬、鏡二の指が止まる。

「鏡二さ……ん……。これ以上は、ダメですっ……ん」

顔を上げ、鏡二の目をみつめ真剣に応えた。

鏡二は軽く目を見開いた後、口角をキュッと上げて笑う。

「あなたに呼んでもらうと、自分の名前が特別に感じます……でも残念ですが時間切れです」

「え……時間切れ?」

「はい、言い忘れていたんですが、私せっかちなんで、あまり待てないんです」

(あまりって……全然待ってくれないってこと?)

戸惑っている間にも、鏡二の指先が小夜子の中を目指す。

「っう……」

異物で中をかき混ぜられるのを感じて、それまでふやけていた体が一気にこわばる。

「やだ……だめぇ。ウソつきっ……！」

「大丈夫です。力を抜いて……そんなに締め付けていると私の指が折れてしまいそうです」

（そんなこと言っても……そこを自分の思い通りにしたことなんてないもの！）

小夜子にとってこれ以上は未知の世界だ。制御できるわけない。

「やわらかくて、熱いですね。私の指が入っているのがわかりますか？　抜こうと思っても抜けそうにありませんね。仕方がないので、中を堪能させてもらいますよ」

（堪能って……）

「はふっ……はぁ」

最初の異物感が消えて、鏡二の指がなじんだように感じる。〝堪能する〟という言葉通り、鏡二の指は小夜子の中を優しく探っていく。

「あっ……あぁ」

中の一点に触れられ、大きな衝撃が小夜子を襲う。

（なに……なんなの？）

今まで与えられた感覚とは違う、突き抜けるような刺激に声を我慢することができない。

「く……ふぁ……あぁああ」

「あぁ……ここが小夜子さんのいいところですね。たくさん可愛がってあげますね」

　中への圧迫感が増す。鏡二が小夜子の中に埋めた指を二本に増やしたのだ。それによって下腹部に直接与えられる、あまりに強すぎる刺激に、小夜子はなにも考えられなくなり、ただ声を上げ続けた。

「や……や……鏡二さ……ん。ダメぇ」

「こんなときに名前を呼ぶなんて反則です。もっとしてほしいと言っているようなものですよ」

（これ以上は無理……）

　じくじくとした、甘い感覚が下腹部で大きくなる。小夜子の思いとは裏腹に鏡二の指の動きが激しくなった。

　グチュグチュという部屋に響く音さえも、小夜子の官能のスパイスになっている。

「こんなに喜んでもらえるなんて、男冥利につきます」

「いやぁ……あ」

　よりいっそう感じる部分を責めたてられて、逆らう手立てもない小夜子は鏡二のなすがままだ。

「すごく締め付けてきて離そうとしない。あ……また溢れ出てきました。小夜子さんのココは私の指を気に入ってくれたようです」

低く甘い声が小夜子の脳内に届くだけで、大きな愉悦が小夜子を襲う。

「もしかしてイキそうですか？　さぁ遠慮せずに大きな声を上げてイって下さい」

そしてグイッと強い力で中をえぐられた瞬間、下腹部の快楽がはじけ飛び全身を駆け巡った。

「ひ……あぁ……ああ!!」

（やだ……なに、すごいっ……）

前回のものとは違った大きな快感の波にびくびくと腰が震え、がくりと膝が折れる。座りこみそうになった小夜子を鏡二が抱きかかえた。

「中でも上手にいけましたね。いい子です」

抱きかかえられたまま、最初と同じように鏡二の膝に座らされた。

「はぁ……はぁ」

肩で息をして呼吸を整える。しかし目の前がクラクラして元に戻るまでは時間がかかりそうだ。

呼吸が落ち着いてきたところで、抗議する。

「広田さん……なにもここまで……」

あえて〝広田さん〟と呼んだ。

鏡二がそれを聞いて眉をピクリと動かした。小夜子の抗議はきちんと届いたようだ。

「鏡二と呼んでください。理解できるまでもう一度教えてあげましょうか？」

あらわになったままの太腿を下から撫で上げられる。

「こ、これ以上は無理です！」

太腿を撫で上げられただけなのに体が震えた。

鏡二は小夜子を膝の上で抱きしめ、髪に顔をうずめる。

「あんな……あんなことまでするなんて……」

ついさっき自分がされたことを思い出して、顔が赤くなる。

「確かに、少し暴走してしまったかもしれませんね。でもそれも小夜子さんの責任です」

「どうして、わたしが？」

抗議のために鏡二を睨みつける。

（いろいろやってきたのは広田さんなのに、なんでわたしの責任になるの？）

「感じているのに『感じていない』と嘘をつくからですよ」

「そんなこと……っ」

（正直に「気持ちいいです」なんて言えない）

「感じてましたよね？　今だって私のズボンは小夜子さんの滴りで濡れてるんですから」

そこでハッとした。小夜子はまだ下着を身に着けていない。左足の膝下のあたりにショーツとストッキングが中途半端に引っかかったままだった。

「嫌っ！　降ろしてください」

手足をバタバタさせて、やっと膝の上から降ろしてもらう。

「もっと休んでいてよかったんですよ」

（広田さんの膝の上でなんて、休めるわけないいじゃない）

さっきまで痴態をさらけ出していた場所で、どうやって心を落ち着けろというのか。

しかし、そのまま立ち上がろうとすると、ぐらりと倒れそうになる。

「あぶないっ」

「あっ！」

慌てて鏡二が支えたので倒れることはなかったが、机の上に乗っていた氷の溶けきったアイスコーヒーが、わずかにこぼれた。

「力が入らないのも無理はありません。シャワー浴びますか？」

小夜子は首を振る。

本来ならばシャワーを浴びたい。けれど今はひとりになっていろいろと考えたかった。

「では、私がシャワーを浴びてきます」

（どうして？　もしかしてわたしがどこか汚した？）

小夜子が不安になっていると、鏡二がそっと頭をなでた。

「私にもいろいろ事情があるんです。それに私がいては、着替えづらいでしょう？」

こういう気遣いができる人なのだ。なのにどうして〝ああいうこと〟をするときは強引で人の話に聞く耳をもたないのかが小夜子は不思議だった。

「ゆっくりと身なりを整えて下さい、あとで送っていきます。それとも着替えをお手伝いした方がいいですか？」

「いいえ！　自分でできますから」

（早く部屋から出て行って！）

小夜子の様子を見て笑いながら「遠慮しなくてもいいのに」と言い、部屋のドアを開けて鏡二が出ていく。

小夜子がほっと一息つこうと思った瞬間、鏡二が振り向いた。

「そうだ。大分抵抗がなくなりましたか？　トラウマ克服できそうですか？」

鏡二は深く考えずに尋ねたのだろう。しかしそれが小夜子の心に深く重くのしかかる。

「……わかりません」

小さくそう呟くと、俯いて鏡二が部屋の扉を閉めるのを待ってため息をついた。

鏡二にとっては先ほどの行為は少しの好奇心と小説のアイディア、それと小夜子のトラウマ克服に協力する、いわばボランティアだ。

（わかっていたはずだ。広田さんはわたしと同じ気持ちじゃないってこと。第一、人気作家がわたしを本気で相手にするなんてことあるワケないし）

それでも、好きな男の手で愛撫をされる気持ち良さを、勘違いしてしまいそうになる。

（よく言うもんね。男の人は好きな相手じゃなくても抱けるって）

ちゃんと知っていたはずなのに、なぜだか目頭が熱くなる。涙が落ちないうちに身なりを整えて、先ほどまで自分があられもない声を上げていた机の上にあるペンをとった。

『帰ります。手お大事にしてください。小夜子』

手はもう問題ないだろう。けれど悔しくてわざとそう書いた。

（バカみたい。悔しがっても仕方ないのに。完全な八つ当たり）

鏡二とそういうことをして、確かに過去のトラウマからは脱却できたかもしれない。でもそれと同時に、好きな人に触られることの心地よさと、その人の心が自分にないことの虚しさを味わうことになった。

鏡二に気がつかれないように、玄関へ向かう。ドアに手をかけてもう一度室内を窺った。もちろんそこには鏡二の姿はない。

ゆっくりとドアを開けて外に出る。ちょうど止まっていたエレベーターに乗り込んだ。階数表示の数字が高速で変わっていくが、途中から涙で滲んでよく見えなくなった。

（あ〜あ。私の恋ってどうしてこう上手くいかないんだろう……）

エレベーターから降りると、コンシェルジュの前を早足で歩いた。そして道路に出てすぐにタクシーに乗った。

一刻も早く、自分の心をかき乱す鏡二の元から離れたかった。たとえ心がとらわれたままでも、距離だけでもとりたいとこのときの小夜子は思っていたのだ。

第五章　心揺れて

「秋友、今日の準備の最終確認なんだけど、参加者は事前に整理番号配ってるんだよな？」

「はい、今回は人数が多かったのでそのようにしています」

　申し込みの人数から考えても座席指定にしておいて正解だった。会場に早くに並ばれ周辺施設に迷惑をかけてもいけない。

　今回の講演会については、異例尽くしだ。それだけ〝鏡ヒロ〟の人気が高いということを身をもって実感していた。

「じゃあ、最終チェックしよう」

「はい」

　今日のタイムスケジュールが書かれた紙が渡された。

（しっかりしなきゃ。これで彼に会うのは最後なんだから）

　小夜子が手元の紙を握ると、クシャッと音をたてた。

*　　*　　*

あの日、小夜子がタクシーに乗り込むとすぐに携帯の着信音が響いた。ディスプレイには鏡二の名前が表示されている。

「出られるわけないじゃない……」

〝拒否〟のボタンをタッチしたあと、すぐに電源を落とした。

無意識に自分の体を抱きしめる。さっきまで、そこを鏡二の手が這っていた。思い出しただけでその感覚がよみがえり、体の芯に火がともる。

〝鏡二さん〟。そう初めて名前を呼んだときに胸に湧いた震えるような感覚。背後から抱えられたときの背中に感じた熱。耳元でささやく低くて甘い声。

体だけでなく、心も鏡二でいっぱいにされてしまった。しかし報われない思いを抱えたまま今までと同じように過ごすことはできない。

割り切った大人の付き合いをすればいいのかもしれない。けれど鏡二に思いを寄せる小夜子には無理だった。

（落ち着いて、次からはちゃんと距離をとらないと……そうじゃないと）

「つぶれちゃいそう」

そう呟いた小夜子の頬を、我慢していた涙が一粒伝った。

翌日携帯の電源を入れると着信が四件、メールが二通と表示された。どれも鏡二からのものだ。ディスプレイに表示される名前を見るだけで苦しくなる。

「ダメだって。好きになっても思いが届かない人なんだから」

自分に言い聞かせて、留守電のメッセージを聞く。

『送っていくと行ったのに、どうして先に帰ってしまったのですか？』

『電話に出てくれるつもりは、ないということですね？』

『無事帰宅したかだけでも教えてください』

意味もなく何度もメッセージを再生してしまう。そんな自分に苦笑した後、メールの画面を立ち上げた。

【昨日は、充電が切れてしまいました。ごめんなさい。無事に帰っているので心配しないでください】

それだけメールを返すと、その後届いたメールにはすべて事務的に返事を返した。次第に回数を減らしていくと、彼からの連絡は来なくなっていった。

それが彼の出した答えなのだ。そうするように仕向けたのは小夜子だったが、胸がヒリヒリと痛んだ。

＊　　＊　　＊

「どうかしたのか？」

「ん……いえ、今日のことを考えて少し緊張してるだけです」

「他の催しと変わらないって。いつも通りやればいいから。俺もついてるし」

今野は小夜子の背中をポンとたたいて、笑顔で言う。

「そうですね。頼りにしています」

（本当は広田さんに会うのが怖いだなんて……言えないし）

「受付の人数はいつもよりふたり多く配置しています。ただ資料をここで配ると混乱しませんか？」

「そうだな。事前に椅子に置いておく方がいいかもしれないな」

鏡二のことは頭の隅に追いやって、仕事に没頭する。テキパキと会場で設営してくれている臨時職員にも指示を出して、最善の状態で会を進行できるようにした。

「今野さん、お昼なんでみなさん食事に出てもらっていいですか？」

「あぁ、準備もできたし休憩してもらおう」

「今野さんも行ってください。ここ留守にするわけにはいかないんで、わたしが留守番してます」

「わかった。じゃあ先に済ませてくる。頼んだ」

今野の許可をもらって他の職員たちに休憩に入ってもらう。開場は十三時半からだ。十三時に戻ってくれれば十分に間に合う。

ばらばらと休憩に行く人を見送って、小夜子は会場に残って余った資料の片付けしていた。

（もうすぐ広田さんが来る……）

留守番をかってでたのは、食欲がないからだ。今日で鏡二に会うのが最後になると思うと、胃のあたりがキュッと縮まるような感じがする。

（広田さん……どう思っているのかな？）

小夜子の態度がそっけないので、気分を害しているかもしれない。けれど彼との距離の取りかたをそれしか知らなかったのだ。

（嫌われても仕方ない。それにこれ以上は関わらないって自分で決めたんだし）

それまで仕事で紛らせていた暗い気持ちが、再び心を覆う。ため息をつきそうになって我慢した。

「秋友、こんなとこに立ってなにしてるんだ？」

入口付近に立っていた小夜子に、食事から戻ってきた今野が声をかける。

「残りの資料の片付けです。先にやっておこうと思って」

「そんなのいいから、メシ行ってこいよ」

手元の資料を今野が手に取る。

「でも、あんまり食欲ないんです。こんなに緊張するなんてどうかしてますね」

なんとか誤魔化そうとするが、今野が眉をひそめた。

「本当に、緊張だけが原因か？」

肩に手を置かれて顔を覗きこまれた。驚いて小夜子は目を見開く。

「ここ最近ずっと顔色が悪い。メシもあんまり食ってないだろう。ずっと見てたらそのくらい気がつく」

「ずっとって？」

小夜子の問いかけに、ハッとした今野の顔が赤く染まる。

「いや……あの、変な意味じゃなくてさ。いやまぁ、変ではないんだけど……その」

歯切れの悪い今野の言葉に、小夜子は首を傾げた。

「いや、だからその。俺ずっと秋友のこと見てたんだ。気になって」

「そんな……そこまで心配してくれなくても、仕事は……」

「ちがう、そうじゃなくて気になって、ついつい目で追うというか……あの……お前のことが好きなんだっ！」

最後はもう叫ぶような言い方だった。

今野は自分の気持ちをさらけ出し、小夜子の様子を窺う。

「好きって……わたしを？」

「あぁ。今までまったく気がつかなかった？　俺、結構アピールしてたつもりなんだけど」

たしかに仕事ではよく面倒みてくれるいい先輩だとは思っていた。しかしそんなふうに思われているとは、小夜子は微塵も感じていなかったのだ。

「ごめんなさい、一度も……それにわたし」

「付き合ってる人でもいる？　それとも好きな人？」

鏡二の顔が思い浮かんだので、慌てて掻き消した。

（どうして今、思い浮かべちゃうの？）

「いえ、そういう人はいません」

はっきりと自分に言い聞かせるようにして言葉にした。

「だったら、俺とのこと考えてみないか？　結構お買い得だと思うけど」

ニコッと白い歯を見せて笑う。まるで大きな犬のような笑顔に癒されるような気がした。

（こういう人と付き合えばきっと、難しいこと考えずに毎日楽しく過ごせるんだろうな。わたしを傷付けることもないだろうし）

「そうですね。今野さんなら女の子を大切にするでしょうね」

思ったことが口からこぼれた。

「あぁ。それは約束する」

しかし、今まで同僚としか見ていなかった相手を、急に恋人候補として考えるのには無理がある。

「でも、急には無理です」

「急がなくていい。でもこれまでと違う見方で俺を見てほしいんだ。それでゆっくりと判断して欲しい。俺もこれからは遠慮しないでいくから」

今野の宣戦布告とも取れる宣言に、小夜子は頷くしかできなかった。

「まぁ俺としては、今はこれで満足かな。やっとスタートラインに立てた。食欲ないなら飲み物だけでも飲んでこいよ。ここは俺がいるから」

今野は小夜子の頭をポンとたたくと、近くにある椅子に座った。

「じゃあ、少しだけ出てきます」

この場にふたりでいても気まずいと思い、小夜子はバッグを持って席を立った。

そして開いていた入口から出ると、思わず息が止まりそうになった。いや数秒間止まってしまっていたかもしれない。

……鏡二が立っていたのだ。今までにないほど険しい顔をして。

「ひ、広田さん！　ちょ、ちょっと」

驚いて固まってしまった小夜子の手をつかみ、人の少ない奥まった自販機のコーナーまで無言で引っ張っていく。

「なにするんですかっ！　離してください」

手を振りきって逃げ出そうとする小夜子の手を引き、壁に押しつけた。そして逃げられないように、退路をふさぐ。

（どうして……こんなこと）

自分の置かれている状況が把握できずに、ただ目の前の鏡二の顔を見つめた。

「そんな顔してもダメですよ。ちゃんと話してもらえるまでここから逃がしません」

「なにを話せっていうんですか？　わたし仕事があるんです」

「知ってますよ。もちろん。私も仕事で来ましたから。なのに、その神聖な仕事の場所で男性と私的な話をしていたのは誰ですか？」

「それは……」

どう言い返しても鏡二には勝てそうにない。小夜子はそれ以上なにも言うことができなかった。

怒りの滲んだ鏡二の顔を、まともに見ることができずに小夜子は顔をそむけた。

「私との連絡を絶ったのは、あの男——今野さんのせいですか？」

冷たい視線で小夜子を見下ろしている。

「彼は関係ないです」

事実、さっきまで今野のことはただの同僚としか思っていなかったのだ。そうとしか答えようがない。

「本当にそうでしょうかね。トラウマが克服できたから、それを証明するためにすぐに行動したってことじゃないんですか？」

たしかに、鏡二にいろいろ調教されて、以前よりも異性に対して抵抗はなくなった。しかし、だからといっておいそれとすぐに、男性とどうこうしようだなんて小夜子は思っていない。

第一小夜子が思いを寄せているのは、目の前にいる鏡二なのだから。

「そんなはずないじゃないですか！」

「じゃあ、どうしてあの日以来、私と距離をとっているんですか？」

「それは……」

（あなたが好きだからなんて言えない）

言ってしまえばいいのかもしれない。けれど恋愛経験値の低い小夜子には無理なことだった。

「トラウマ克服のためだけの相手に、言う必要はないってことですか？」

「そんなつもりじゃ……。じゃあ広田さんはどうなんですか、あなただってわたしのこと、小説のためだなんて言ってあんな……あんなことっ」

「あれ？　ふたり揃ってこんなところでなにやってるんですか？」

声のした方を見ると、そこには藤沢が立っていた。

「あの、なんでもありません。失礼します」

そう言いながら、鏡二の腕をすりぬけて会場へ向かう。

（泣いちゃダメ！　今から仕事なんだから集中しなくちゃ）

心の中で同じ言葉を繰り返しながら、涙を堪えて会場へ戻った。


「それでは、ただいまから鏡ヒロ氏による講演会〝私の街〟を始めます」

今野の第一声で講演会がスタートした。

あれから小夜子は会場に戻り何事もなかったかのようにふるまった。もちろん鏡二に対してもだ。それができるくらいのプライドは残っていた。

今は壇上に立って話をしている鏡二をサポートできるように、脇で控えている。

「はじめまして〝鏡ヒロ〟です。今日はわざわざ私の話を聞くために足を運んでいただいて、ありがとうございます」

ホールをうめつくす観客に向かい、笑顔を浮かべながら話す姿は、小夜子の知らない〝鏡ヒロ〟の顔をした鏡二だった。

しかし低くてよく通る声は、小夜子の知っているものだった。そしてその声が甘く色づいた時のことを思い出してしまい、首を左右に振って脳内の鏡二を追い出した。

講演の内容はいたってシンプルなものだ。鏡ヒロが作品の中に織り込んだ、この街への思いを話していく。

「私の地元はこちらですが、学生時代一度東京に行きました。卒業してもしばらくそのまま住んでいたのですが、その時に感じた地元への思いが最初の作品を作りだしたのです」

小夜子は真剣に語る鏡二から目をはなせなかった。直前の小夜子とのいざこざなんてまるでなかったかのように、地元への愛を語る鏡二を見つめていた。

彼の口から奏でられる言葉が、そのまま小説にできるほど美しく聞こえた。

さっきまで心の中に渦巻いていた嫌な感情が、彼の言葉に耳を傾けているとすべて流れ出していくような気さえもする。

今〝鏡ヒロ〟として話をしている男には、いろんな顔がある。しかし、その顔のすべてを知っている人は、どれだけいるのだろうか。

（わたしが知っているのでさえ、ごく一部なのかもしれない）

しかし小夜子はどの立場の鏡二を知っても、好きになってしまうだろう。どれも魅力的で深みにはまりそうになる。

しかし、いくら小夜子が思いを寄せたとしても、彼からすれば小夜子は小説の題材にすぎない。それに藤沢の『女として傍で支えてきた』という言葉も気になる。もし、彼女の言うとおりならば、長い付き合いの彼女に太刀打ちできるとは思えない。だからこそ距離を置かなければならないのだ。

これ以上傷つくことがないように、彼から……この思いから逃げなくてはならない。

自分の気持ちをしっかりと持とうと決意したときには、質疑応答の時間になっていた。

今野が挙手をした人を順番に当てている。質問の内容は『好きな食べ物は？』に始まり『作品の舞台について』など内容は多岐にわたった。そのどの質問にも真摯に、ときに面白おかしく鏡二は答えた。

しかし最後の質問と言って今野があてた人物の言葉に、鏡二の顔が一瞬固まったのを小夜子は見逃さなかった。

「新作はいつ読めますか？」

作家のファンならば、みんなが思っていることだ。質問した本人も悪気があるわけではない。けれども、鏡ヒロとしてスランプの中にいる鏡二にとっては、今、最も訊かれたくない質問だったのだろう。

その変化に気がついた小夜子は、心配しながら鏡二を見つめていた。

「まだ、私の新作を待ってくれている人がいて安心しました」

にっこりと笑顔を見せはしたが、鏡二本来の笑顔ではない。

「みなさんも、もうお気づきかと思いますが、実はもう何年も新作は書けていません」

鏡二の言葉に会場が静まり返る。

たしかに〝キョウジ〟としての執筆はしていても、〝鏡ヒロ〟としては作品を発表していない。

「それは、どうしても書きたいと思う話が、思い浮かばないからです」

（でも、書きたいはずだ。誰よりも鏡ヒロの作品を世に出したいのは広田さん本人であるはず……）

「私は書くことで自分が生きていることを実感するのです。それをしないと生きてはいけません。私にとっては書くことが生きることにつながるのです。作家としてそれはどうなのかと思われるかもしれませんが、私の執筆の動機はすごく不純で、全て自分のためなのです。でもいつか、できれば近いうちに私の中から溢れ出た言葉が、みなさんの心を震わせることができるよう、努力はしたいと思います」

会場は鏡二の言葉に静かに耳を傾けていた。一瞬の静寂の後、鏡二の堂々とした態度に会場から拍手が起こる。

その後、今野が閉会の挨拶を始めた。

答えづらい質問にも関わらず、自分の思いを真摯に伝えた鏡二の姿に、小夜子はまた心を惹きつけられた。

（離れようと思っていたのに……きっとそばにいる限りこうやって何度も好きになってしまうんだ）

拍手の中講演会は終わり、鏡ヒロのサインをもらいたい人の列ができていた。鏡二はいつもどおりの笑顔でサインを書き握手をしていたが、小夜子は最後の質問に彼がどういう気持ちで答えたのか想像すると、胸が痛んだ。

(本当は〝鏡ヒロ〟として、誰よりも新作を発表したいと思っているはずなのに)

小夜子は自分のことのように、悔しい思いを胸に抱えていた。

(こんな気持ち……彼にとっては迷惑なだけなのに)

行き場のない思いを抱えながら、藤沢と挨拶をして去っていく鏡二の背中を遠くから見つめることしかできなかった。

(これで彼に会うのは最後なんだ……)

講演会の前に小夜子に対して怒りをぶつけてきた鏡二と、これから先なにもなかったころのように過ごせるはずがないし、そのつもりもなかった。けれど未練がましく彼を見つめる自分を情けなく感じた。

職員全員で鏡二を見送ると、すぐに撤収作業に取りかかる。指示を出している小夜子を、背後から誰かが呼んだ。

「藤沢さん…」

「ちょっといいかしら?」

藤沢は、先ほど鏡二と言い争った自販機の前に小夜子を呼び出した。

「さっきここで広田と何を話していたの？」

藤沢の言葉に小夜子は口をつぐんだままだ。

「まぁいいわ。でもひとつ言っておく。何があろうと泣いているような女じゃ、広田を支えることはできないわ。彼のお荷物になるくらいなら、早々に手を引いてちょうだい」

「わたしは……」

一度開いた口を閉じた。今さらここで何を言っても小夜子と鏡二の関係はすでに終わってしまっている。

「心配いりません。私と広田さんは、もう何の関係もありませんから」

頭を下げた小夜子は、藤沢の言葉も待たずに会場へ戻った。

「さぁ、さっさと片付けてしまわないと」

会場を片付けながら鏡二への思いも一緒に心の奥に片付けてしまいたかった。

しかしそれも、次の今野の一言でふりだしに戻されてしまう。

「これ、鏡さんのところに届けてほしいんだ」

「え？」

手渡されたのは、いつか鏡二の部屋で見た万年筆だった。

「鏡さんこれ、忘れていっちゃったみたいなんだ。悪いけど届けてくれない？」

「郵送ではダメなんですか？」

「なんか、大事なものみたいなんだよね。で、届けてほしいって言われたんだけど俺、実はこの後すぐに別の案件で打ち合わせがあって」

確かに〝魔法の万年筆〟だと言っていた。

「でもあの、わたし……」

断る理由を探したが思いつかない。そんな小夜子に今野は住所の書かれたメモと万年筆を押しつけた。

「悪い、頼んだ！」

「ちょ、ちょっと」

そう言うと、そのまま別の場所へ行ってしまう。

「どうして……こんなことに」

今野に渡されたメモと万年筆が、小夜子にはとても重く感じられた。


先に別件の打ち合わせに向かった今野の代わりに、最終チェックを終わらせてから役所に戻り、残りの仕事を片付けたときには、時計の針がまもなく二十時を指すところだった。

ハンカチに包んだ鏡二の万年筆はまだ小夜子の手元にある。本来ならばすでに届け終わっているはずのものなのにグズグズしていてこんな時間になってしまった。

（やっぱり、郵送しよう……同じ市内だから明後日には届くだろうし）

しかし小夜子は鏡二にとってこの万年筆がどれほど大切なものなのか知っている。しかも今それが必要かもしれないと思ったので、考えを一変して小夜子は鏡二のマンションへ向かった。

「はあ」

深呼吸してから、エントランスのインターホンで鏡二の部屋の番号を押して呼び出した。

『――はい』

「あ、あの。秋友です。今野の代わりに万年筆をお届けに来ました」

『あぁ、コンシェルジュに預けて帰っ――ガタン』

インターホン越しに、小夜子にも聞こえるような大きな音が聞こえる。

「広田さん？　どうかしましたか!?」

『……痛い』

小さな声でそう聞こえたあと、一切の応答がなくなった。しかしスピーカーは生きているようで、ガサガサという音と呻き声が聞こえる。

（……様子がおかしい、どうにかしなきゃ）

小夜子は受付にいるコンシェルジュに、インターホンで連絡し事情を説明した。すぐにオートロックが解除されて中に入り、事務所からスペアキーを持って出てきた男性のコンシェルジュと共に小夜子はエレベーターに乗り込んだ。

（広田さん、なんでもなければいいけど）

高速のエレベーターのはずだが、なかなか二十三階に到着しない。小夜子はもどかしい気持ちで階数表示を見ていた。

エレベーターが到着して扉が開くと、小夜子は鏡二の部屋へ駆け出した。

コンシェルジュがスペアキーを使って、部屋のロックを解除した。玄関の扉を開けて、灯りのついたリビングに急いで足を踏み入れた。

「広田さんっ！」

インターホンのモニタの下で倒れている鏡二を発見して、慌てて駆け寄った。

「大丈夫ですか！」

「……ん、小夜子さん？」

鏡二の息からはアルコールの匂いがする。あたりにはビールの缶が数本と、テーブルの上にはウィスキーのボトルが中身を三分の一だけ残して置いてあった。

「大丈夫ですか？　どうしてこんなになるまで飲んだんですか⁉」

コンシェルジュの手を借りて、鏡二の大きな体をなんとかソファまで運ぶ。

「すみません、ありがとうございます」

「あの、大丈夫でしょうか？　お医者様、お呼びしましょうか？」

コンシェルジュの男性が、小夜子に尋ねた。

「その必要はありません……少し飲みすぎただけですから」

鏡二が力ない声で答えた。小夜子は迷ったが本人の意思を尊重することにした。

「本人もこう言っていますし、落ち着くまでわたしが付いていますから」

「そうですか、ではなにかありましたらご連絡ください」

「はい」

小夜子はコンシェルジュを玄関まで送ると、鏡二のもとに駆けつけた。

青白い顔の鏡二は腕で顔を隠したまま、微動だにしない。心配になって駆け寄ると規則正しい寝息が聞こえていた。

「寝てる？」

「んっ……」

窮屈そうにソファで寝返りを打とうとしている鏡二を慌てて支える。横向きになると、また寝息を立て始めた。

部屋を見渡すと、散らかっているのは空になったアルコールの容器の類でそれ以外は綺麗だった。家政婦が復帰してしっかりと仕事をしていることがわかった。

小夜子はしばらく鏡二の傍で様子を窺っていたが、そのまま少し寝かせようと思い、寝室からブランケットを持ってきて鏡二に掛けた。そのとき書斎から灯りが漏れていることに気がついた。

主の居ない部屋の灯りを消そうと、扉を開けるとそこは綺麗に整頓されたリビングとは打って変わって、プリントアウトされた原稿らしきものが散らばっていた。

デスクに近づくと、赤ペンで原稿がグチャグチャに塗りつぶされていた。おそらく今日の講演会の後でやったのだろう。

「これって……鏡ヒロの新作？」

仮と書いてある題名の下には〝鏡ヒロ〟と記載があった。

発表前の原稿は、本来見てはいけないものだ。しかし小夜子はそれから目が離せない。

「どうして……こんなこと」

そのとき講演会での最後の質問が脳内によみがえってきた。あのときは毅然と返していたが、本当は鏡二は深く傷ついていたのではないかと小夜子は思う。

(書くことは生きることだって言ってたのに……)

それを自分自身で否定しているように思えて、小夜子は胸が苦しくなった。

「そんな出来損ないの原稿読んでも、なんの得にもなりませんよ」

背後から声がして、驚いて振り向くと書斎のドアにもたれている鏡二の姿があった。

「ごめんなさい。灯りがついていたので」

「そうですか……お手数をおかけしました。万年筆を置いて帰っていただいて結構ですよ」

小夜子の顔をまともに見ようともしない鏡二の荒んだ態度に、小夜子は自分の考えが正しいと確信した。

「こんなふうになっている広田さんを、置いて行くことはできません」

「相変わらず優しいんですね、小夜子さんは……でも、どんなに優しくされても、あなたの期待に応えることはもうできそうにありません」

「期待……？」

鏡二の言葉の意味がわからずに尋ねる。

「もう鏡ヒロとしての自分はダメなんですよ。今日、改めてわかりました。どんなにたくさんの人に期待されたところで、満足できる作品が書けないのですから」

鏡二が近づいてきて、小夜子の持つ原稿を取り上げ床に投げ捨てた。

「ちょ、広田さん？」

「どうせ書けないんだから、こんなに神経すり減らして書くことなんてないんです。キョウジだけの収入でも十分やっていけますしね」

「……でも、書きたいんですよね？　だったら……」

小夜子の言葉に鏡二は首を振った。

「新作を書けない作家なんていずれ世間も忘れていきます。小夜子さんも私と出会っていなかったら、二、三年後には忘れていたでしょう？」

「そんなことありません！　……どうしたらわかってもらえるんですか？」

(今ここで諦めれば後悔するはず。そんなことしてほしくない)

鏡ヒロとしての鏡二も、彼の中では必要なはずだ。そうでなければ、こんなふうに傷つく前に鏡ヒロとしての活動を停止しているはずだ。

小夜子は必死で鏡二を説得する。

「わたしのために……わたしのために書いてください！」

(我ながらなんて我がままで、うぬぼれたお願いだろう)

気がつけば小夜子は、鏡二の胸に飛び込んでいた。

「小夜子さんっ……弱っている男にそういうことすると、どうなるかあなたは知らないから……」

「わかっています。だけど弱ってるなら誰かを頼ってください」

小夜子は自分の体を引き離そうとする鏡二に必死で抵抗する。

(今だけでも支えられるなら、なんでもしてあげたい……わたしにできることならなんでも)

ぎゅうぎゅうと腕に力を込め鏡二から引きはがされないようにする。しかしまだアルコールの酔いが残っている鏡二はそれを支えきれずに、小夜子に押し倒されてしまった。

書斎の床に転がる鏡二。そしてその上にはなにかを決意した小夜子がおおいかぶさって

いた。

小夜子はきゅっと一度唇を噛むと、勢いをつけて鏡二の唇に自らのそれを重ねた。

「んっ」

鏡二の体が驚いたように跳ねる。しかし抵抗することなく小夜子の口づけを受け入れていた。

ひどくアルコールの香るキスだった。

小夜子はいつか鏡二から教えられたように、重なった唇の隙間から鏡二の口内に舌を差し込む。小夜子にとって自分からしたキスはこれが初めてだ。この方法が正しいのかどうかさえわからないけれど、拙いながらも一生懸命自分の思いを伝えようと、懸命にキスをした。

「……っン……ふぅ」

それまで、小夜子を支えていただけの鏡二の手にぐっと力が入った。その瞬間、小夜子と鏡二の位置が入れ替わる。

「あっ」

小さく叫び声をあげた小夜子を鏡二の熱い瞳が射抜いた。

「あなたという人は……私は一度忠告しましたからね」

「わかってます……」

小夜子の口は鏡二の唇にふさがれて、それ以上言葉を続けることはできなかった。

「ふぁあ……ン」

深く舌を差し込まれて、小夜子の舌を絡め取るように弄ぶ。そうかと思えば、歯列をなぞり新たな感覚を小夜子に覚えさせた。

（体……熱いっ）

キスをしながら鏡二の手が髪に差し込まれた。グッと固定されて息継ぎすることさえ許されない。

いつしか形勢は逆転して、主導権はすで鏡二に移っていた。

脳内のいろいろなしがらみをすべて溶かしてしまうようなキスで、どうしようもなく体が熱くなったとき、銀色の糸をひきながら唇が離れた。

「私から逃げるつもりがあるなら、今ならまだ間に合います」

鏡二からの最後通告に、小夜子は彼の首に腕を回して首を振って答えた。

（もう、こんなに心ががんじがらめになっているのに今さら逃げ出すなんて無理だよ）

鏡二は小夜子を見つめていた瞳をぎゅっとつむったあと、ゆっくりと開いた。そして小夜子を抱えるとしっかりとした足取りで寝室へ向かった。

「あ、あの……ところで体調はもう大丈夫なんですか⁉」

「今さらそんなこと聞くのですか？　こんなあなたを目の前にして、まだお預けにするつもりですか？」

「そ、そんなつもりじゃないですけど」

「では、黙って……おしゃべりはおしまいです。ここからはあなたのいい声だけ聞かせてください」

（い、いい声って……⁉）

戸惑っている間に、ベッドへ到着した。ゆっくりと小夜子を降ろすと鏡二はキスを再開した。さっき感じていた疼くような体の熱が体に蓄積されていく。

鏡二のキスは、唇だけではない。目尻や鼻先や首筋など、ゆっくりと小夜子の反応を見ながら口づけを落としていく。耳の形をなぞるように舐め上げられて、ぐちゅりと音をさせながら舌で愛撫されると、ブルブルと体が震えた。

「んっ……ぁあ」

「ここ好きですよね……」

舌の刺激だけでも小夜子には十分すぎるくらいなのに、それに甘い声が加わる。直接脳内に響くその声を聞いて、下半身にたまっていた熱い快楽が大きくなった。

首を振って抵抗したが、次は唇を苦しいほどに吸われてしまう。

（あぁ……一秒だって逃がしてくれないんだ）

それと同時にカットソーの上から、小夜子のやわらかな胸を包み込むように優しく撫でた。決して強くはない刺激なのに、小夜子の体は思わず跳ねた。

「ここも、たくさん愛してあげます」

手を休めることなくささやかれた瞬間に、背後でブラのホックが外された。まだ洋服は脱いでいないが、締め付けがなくなったそこにすぐに鏡二の手が伸びた。

「え……あっ」

服の上から胸の先端をすぐに見つけられてしまう。人差し指で軽く触れられてビクンと体が揺れた。

「まだ服の上から撫でただけですよ。なのにもうこんなになってるなんて」

今度は人差し指で押しつぶすようにされたあと、すぐに親指と人差し指で挟み込まれる。

「あ……んっ、いきなりそんなこと……あぁ」

「いきなり？　あぁ……では、きちんと宣言すればいいってことですね」

「ちが……い……やあん」

「あぁ、服の上からわかるほど主張しはじめましたね。素直な体は大好きですよ」

次に指先でひっかくようにされ、ビクンと腰が浮いた。

（そんなっ……直接触れているわけじゃないのにこんなになるなんて）

「どんな風になってるか、確認しておきましょうね」

口角を上げてニヤリと笑い、カットソーとキャミソールを一度に脱がせた。それにひっぱられるようになったブラジャーは、腕にひっかかったままだ。なんだかその中途半端な感じが嫌で、手を抜こうとしている隙に指先で赤い先端をはじかれた。

はっとしてその様子を確認しようとすると、胸に顔をうずめた鏡二と目が合う。

「今から、舌でたっぷり愛してあげます。ちゃんと宣言しましたよ、だから小夜子さんも思いっきり感じてください」

「や、わたしそんな約束……っあ」

鏡二の赤い舌が、小夜子のとがった赤い胸の先端を舐め上げた。その間視線はずっと小夜子を見つめたままだ。舌先で押しつぶすように転がし、小夜子にみせつけるように愛撫を繰り返す。

「あぁ……んっ……ぅ」

反対の胸は大きな手のひらで包み込まれて、やわらかく撫でられたと思うと形を変えるほど強く弄ばれたりもした。体を駆け巡る快楽の波が、大きくなった。そして鏡二はそれまで弄んでいた先端を、口に含んで強く吸い上げた。

「いあぁああ……ヤダ、ちょっと待って」

それと同時に鏡二のしなやかな指が、小夜子のショーツの中に侵入する。

(ダメ、だって……そこもう……)

「あぁ……すごい。もうこんなに濡らして」

「いやっ、言わないでください」

小夜子は自分でも自覚していた。だからこそ鏡二がわざわざ小夜子に知らせるように言ったことが、恥ずかしくてたまらない。

「でも、ほらこんなに」

鏡二の長くしなやかな指が、小夜子の濡れた場所を往復する。わざとらしく小夜子に聞こえるようにグチュグチュと音をたてた。

「あっ……あふっ……広田さんっ……意地悪です」

「そんなつもりはないんですけどね。私は事実しか伝えてないし、小夜子さんを気持ち良くすることしか考えてませんから。それのどこが意地悪なんですか?」

そう言いながら、なおも大きな音をたてて指を動かす。直接下腹部を刺激されて、快感がダイレクトに伝わった。

「ん……あぁっ!」

その先に隠れた小さな芽に指が触れると、びりびりとした感覚が体中をめぐった。

「この間はここで上手にイケましたよね? 今日はもっと別の方法で気持ち良くなってください」

(別の……方法?)

快楽が体中をかけめぐり、その愉悦に支配されないように意識を保っているだけで精一杯の小夜子には、その別の方法が思いつかない。そこまで思考がまわらないまま鏡二の手が残された下着に伸びる。

スカートとストッキングのウエストの部分に手をかけて、そのまま一気に下げられた。

その反動で、小夜子の体が後ろに倒れた。高く上がった両脚から、すぐにストッキングとショーツが引き抜かれた。

「あっ、……そんな急に」

「急？　これでも我慢してるんですよ。あぁ……下着がこんなに濡れてしまって」

足から抜かれ、ベッドに放り出された下着を鏡二が見ている。

「や、見ないでくださいっ」

恥ずかしくて抗議をすると「いいですよ」とあっさりと返された。

（よかった……あんな下着見られるなんて、恥ずかしすぎる）

しかし、安心した小夜子を待っていたのは、それ以上の羞恥だった。

「え……？　やっ」

高くかかげられたままだった両足が、ゆっくりと大きく開かれる。鏡二の大きな手が膝を両側に開くと、小夜子が最も隠していたかった部分が鏡二の目にさらされてしまう。

「私が、興味があるのはこっちですから」

「ヤダ……ちょっと、待っ……あああぁ」

小夜子の抗議などものともせずに、濡れた割れ目に鏡二が舌を這わせた。

「ぁぁあぁあ！　いやっ……あぁ」

恥ずかしくて足を閉じようとしても、膝が強い力で押さえられていてそれさえかなわない。ピチャピチャと、鏡二の唾液か小夜子の愛液かわからない水音が響く。それがよりいっそう羞恥と快楽を煽る。

びくびくと腰を震わせて、されるがままの状態だ。抵抗することを諦めていた。

「私が猫舌だと知っていて、ココをこんなに熱くさせるとは酷い人ですね。あぁ……これでは火傷してしまいそうだ。少し冷ましましょうか」

そう言ってフーフーと息をかけ始める。しかし小夜子のそこは冷めるどころかより熱くなるばかりだ。

体中がぞくぞくとして、快楽から鳥肌が立つ。

「息をかけただけで、このようになるとは……あなたの体は本当に素敵ですね」

……ジュッ。

「ひゃあぁん！」

それまで、優しく舌を這わせたり息を吹きかけられたりしていた場所を強く吸い上げられた瞬間、小夜子の体ががくがくと揺れた。

「あぁ……イッてしまいましたか」

小夜子は目をつむったまま肩で息をして、呼吸を整えていた。そんな小夜子を鏡二は欲のこもった目で見つめたあと、身につけていた自身の服をすべて脱ぎ捨てた。

「残念ですが、あなたの表情を見逃してしまいました。だからもう一度、気持ち良くなってください」

「あっ……え……あ、はぁ……ダメです！　今、ダメ」

恥ずかしい音を立てながら、鏡二の舌が小夜子の割れ目への愛撫を再開する。しかし、先ほど達したばかりの小夜子には刺激が強く、ガクガクと動く腰を止めることはできない。

舌だけで愛されていた場所に、鏡二の指がゆっくりと侵入する。そして小夜子の反応を見ながら、中を広げていく。

「ここ、いいところでしたね」

いともあっさりと、小夜子の感じる場所をみつけた鏡二はそこを責めたてた。

立て続けに与えられる快楽に、小夜子は抗うことができない。

押し寄せて一向に引かない熱い波に、翻弄され続けた。

「そんなに締め付けたら、指が折れてしまいそうです」

「いやっ……そんなぁ」

（そんなこと言われても、どうしようもないのに……）

そうさせているのは鏡二なのに、どうして小夜子が責められるのか……。疑問を感じても今の小夜子はそれを鏡二に尋ねることもできない。

「そろそろ私も限界です」

小夜子の中から指を引き抜くと、蜜にまみれた指を口元に運んで小夜子に見せつけるように赤い舌で舐めた。

（やだ……わたしが舐められたわけでもないのに、どうしてこんなに恥ずかしいの）

「もう小夜子さんも私も、準備が整ったみたいですね」

口角を上げるだけの笑顔を見せ、欲情にまみれた視線で小夜子の体温を上昇させた。

鏡二はベッドサイドの引き出しに手をかけると、小さな正方形のビニール袋を取り出した。

「あっ……」

とうとうその時がきたのだと覚悟をし、ビニールを破り中身を取り出す鏡二の姿を見ていると、急に覆いかぶさるようにして耳元でささやかれた。

「こういうところは、見ないのがエチケットですよ」

鏡二は避妊具をつけると、小夜子の首筋を舐め上げながら、それを小夜子にあてがった。

「んっ……」

下腹部に当たる熱いものを感じて、小夜子は一瞬にして体をこわばらせた。

「そんなに固くならないでください。あなたが痛がることは決してしませんから」

額にキスを落として、至近距離で見つめ合う。しかし、長年〝初体験は痛いもの〟と聞いて生きてきたのだ。簡単にリラックスなどできそうにない。

鏡二は小夜子の鼻先にキスをすると「力をぬいて」と言って、小夜子の中に身を沈めた。

「はあ……つぅ……んっ」

初めて迎えるものの圧迫感に思わず下唇を噛む。痛みよりもまず体が押し広げられるような感じがした。

「あぁ……随分ならしたつもりだったんですが狭いですね」

浅い息を繰り返す小夜子の額には汗が滲む。

「もう少し、先に進めますね」

「やぁ……ああ」

グイッと強引に押し込まれると、今度はピリピリとした痛みが走った。

「痛いですか？」

「あぁ……はいっ」

「すみません。あなたが初めて受け入れるには、私のモノはいささか大きすぎるかもしれません」

（〝いささか〟って感じじゃないんだけど……）

鏡二自身を体内で感じながら、小夜子はただ痛みに耐えていた。唇をギュッと噛んでいるとそこに鏡二の舌が差し出されやさしくなぞる。その間もじわじわと奥へ進む感覚に小夜子が声を上げると、開いた唇の間から舌が差し込まれて、小夜子の舌を絡め取る。

（あぁ……広田さんのキス……）

これまで何度か交わした濃厚なキスへの応え方もうまくなった。

体の力が抜けていく。それに合わせて鏡二は自分自身をすべて小夜子の中に埋めた。

「全部入りましたよ。あなたの中に」

「はぁ……」

小夜子はひとつ大きく息を吐いた。もちろんこれで終わりではないことくらい、未経験の小夜子でもわかっている。

「動きますよ」

ゆっくりと動かされるだけで、ピリリとした痛みが走った。

「っ……う」

「痛いですか？」

鏡二の問いかけに小夜子はコクリと頷いた。

「しかし私は、あなたの初めてを痛いだけで終わらせるつもりはありません」

鏡二はふたりのつながった部分――小夜子の最も感じやすい場所に指を伸ばした。

「あぁ、ここもすごく膨らんでますね」

鏡二の指がそこを優しく撫でる。

「あぁあ……んっ」

痛みに支配されていた下腹部に、甘い痺れが走った。

「つう……いい反応ですね。思わず私が声を上げそうになってしまいました」

指を休めることなく動かすと同時に、小夜子の中に埋められた鏡二自身もゆっくりと動き始めた。いろんな感覚が小夜子を支配して、目をつむりシーツをぐっとつかむ。その間も鏡二は緩やかに動き続けた。しばらくすると甘い感覚が何度も体を駆け巡る。

ふと頬にキスが落とされて、小夜子は目を開けた。目の前には鏡二の顔がある。

「ほら、もう痛いだけではないはずですよ」

ゆっくりと胸を持ち上げるように触られると、一番奥に鏡二を感じた。

（たしかに……さっきとは全然違う）

「あぁぁ……」

「ここからは、しっかり目を開けて私のことを見て、そして感じてください」

（広田さんを……感じる？）

小夜子は手を伸ばし、鏡二の頬に触れた。すると鏡二は猫が頬ずりするようにして小夜子の手のひらを愛撫した。

覆いかぶさって来た鏡二の背中に腕を回すと、鏡二がもっと奥を目指そうとして小夜子

をつき上げる。

「く……んっ……あぁ」

汗ばんだ鏡二の背中に腕を回して、しっかりと肌を重ね合わせた。

「ひ、広田さ……んっ……あぁあああ」

「はぁ……こんなときにっ……鏡二です、鏡二と呼びなさい」

眉間に皺を寄せてなにかに耐えるような表情の鏡二の名前を、愉悦の波のなかで一心に呼んだ。

「鏡二……鏡二さんっ……あぁ」

「……つぅ……そんなに締め付けては……小夜子さんあなたという人は」

責められても、小夜子はどうすることもできない。ただ鏡二から与えられるものを全身で感じているだけで、もはや自身でコントロールすることさえできなくなっているのだから。

これまでとは比べられないほどの、快感が蓄積されていく。

「あぁ……鏡二さんっ、わたし……ああああっ」

髪が乱れるのも構わず、イヤイヤと首をふる小夜子の唇を鏡二が深く奪った。

その瞬間、体の中でなにかがはじけた。駆け巡る快楽に小夜子は全身を震わせ、涙を一粒流した。

「シャワー浴びますか？」

小夜子を包み込むようにしばらく抱きしめていた鏡二が、体を起こした。

「……あ、はい。お借りします」

ブランケットで体を隠しながら床に足をついた。

「あ……」

ぐにゃりと床に倒れこみそうになったところを、鏡二が支えてくれた。

「一緒に入りましょうか？」

「な、なにを言ってるんですか……ひとりで平気です」

「そうですか。少し残念です。これもトラウマ解消に役立つと思ったんですが」

明るく笑う鏡二の顔を見て、小夜子の胸はひどく痛んだ。自分の鏡二に対する思いだけがどんどん大きくなっていると思い知らされた。鏡二にとって小夜子との行為の意味は最初から何も変わっていないのだ。

（とにかく、シャワーを浴びないと）

なんとか重い体を引きずりながら、バスルームに足を踏み入れた。

少し熱いシャワーを浴びながら、鏡二が触れた場所に目をやる。胸元にはふたつほど赤い印があった。

指でふれると、胸がキュッと締め付けられる。

（こんなキスマーク残すなんて、本当にずるい人）

溢れてきた涙をシャワーで流した。

腕のぬくもりやキスのやさしさ、体温の心地よさ……それらを知ってしまった小夜子は鏡二への思いがより強くなる。

（ダメだって……今日だけだって自分で決めたんでしょ？　彼のなぐさめになったんだから役に立って良かったと思わなくちゃ）

自分に言い聞かせて、頭からシャワーを浴びる。流されていく泡と共に、鏡二への思いもなくなってしまえばいいと、そう思いながら。

バスルームから出ると、鏡二が用意してくれていたスウェットではなく、さっきまで着ていた服を身に着けた。そして灯りの漏れる書斎へ向かう。

カタカタと軽快なリズムをキーボードが奏でている。部屋に入り扉を閉めると鏡二が小夜子に気がついた。

「なんだか、急にいろいろと書きたくなってしまって。こんなことは久しぶ……」

嬉しそうに小夜子に笑いかけた鏡二が、次の瞬間、怪訝そうな顔をする。

「私の用意した着替えに気がつきませんでしたか？」

「いいえ。でもこのまま帰るのでスウェットは結構です」

「どうして？　なぜそんなに急いでいるんですか？」

不機嫌を隠そうともしない鏡二の顔を、小夜子はまともに見ることができない。

（ちゃんと言わないと……）

「わたしたちの関係は今日でおしまいにしましょう」

小夜子の言葉の後にしばらく沈黙が続く。

「……どういうことですか？」

責めたてるように低い声が響いた。

「そもそも、関係っていうほどのものでもなかったわけですが。わたしはトラウマを克服できましたし、広田さんは小説のネタを手に入れられた。最初からそういうお話でしたよね？」

小夜子は鏡二の目を見ずに一気にまくしたてた。

「わたしは、広田さんや藤沢さんのような……大人の付き合い方はできそうにありません」

「どうして今、藤沢の話が……」

小夜子は、鏡二の口から藤沢の話題を聞きたくなかったので、話を遮った。

「約束は約束ですから。それにわたし広田さんのおかげで、今度こそちゃんとした恋愛ができそうな気がします」

（ちゃんとした恋愛もなにも……今ここで失恋してるんだけど）

自分の心の揺れと相手の不機嫌に飲み込まれないように、努めて明るく話した。

「……今野さんですか？」

「え？」

眉間に皺を寄せて私を睨んでいる。

「今野さんとお付き合いするつもりなんですか？」

（どうして……あ、そう言えば告白の現場を見られたんだった）

小夜子は悪いと思いながら、今野の名前を借りることにした。

「たしかに、今野さんとなら普通の恋愛ができそうですね」

膝に置かれた鏡二の拳に力が入る。

「わかりました。あなたの言う通りにしましょう」

返事を聞いて胸が締め付けられた。自分から望んだことなのに心のどこかで、鏡二に引き留めてほしいという思いがあった。しかしそれも叶わない。

（自分が言ったんじゃない、わたしたちはそんな関係じゃないって）

目頭が熱くなる。なんとか涙を流さないように耐え「さようなら」と言って書斎を出た。

そして玄関に向かう。

鏡二の部屋の扉が閉まった瞬間、ポロポロと涙が頬を伝った。

さっきまでのことを後悔しているわけではない。あのとき小夜子は鏡二をほうっておけなかったのだ。けれどそのあとに残るむなしさに耐えられない。

（思えばこの部屋から出るときは、泣いてばかりだった……やっぱりわたしには、割り切って彼と適当に付き合うなんて無理）

たまたま利害関係が一致して、スタートした関係だ。今さら自分の感情を押しつけるのはルール違反だと小夜子は自分に言い聞かせる。

全身に残る気だるささえも、今となっては大切な思い出のひとつだ。小夜子は自分の体をギュッと抱きしめると、走ってきたタクシーを捕まえて家路についた。

第六章　あなたのすべてに溺れて

　十二月に入り、街にはクリスマスムードが漂う。小夜子も電話で日向から新しいスパイクをおねだりされて、クリスマスまでには届ける予定でいる。

「秋友さん、このデータなんですけど……」

「あ、うん。ちょっと待ってね。こっちが終わったら行くから」

　臨時職員に声をかけられて、パソコンを覗きこむ。

「あ、ここはこっちの集計結果じゃなくて……こっちが正しいの。わかりにくいね、ごめんなさい」

　指示を出して後の流れをもう一度確認した。

　あの後、鏡二からの連絡は一度もない。もちろん小夜子も連絡を取っていない。

　ふたりの関係はあの日、いとも簡単に途切れてしまった。しかし、小夜子の心の中にはまだ鏡二への思いがくすぶっている。

（ちゃんと忘れて、次に進まなきゃ……）

　好きな人と触れ合う喜びを鏡二が教えてくれた。それだけでもよかったと思いたい。

「秋友、今日帰りメシ行く？」

パソコンに向かう小夜子だけに聞こえるように、今野が身をかがめて囁いた。

「あ、はい。いいですよ」

「え？　マジで……あ、そうか。ええっと……じゃあ場所はまた後で」

白い歯を見せて嬉しそうに笑う今野を見て、これでいいのだと思う。

（こうやって、ちょっとずつ進まないと）

鏡二への思いに蓋をして思い出さないようにしていれば、いつか忘れられる日がきっとくる。そのためにも、自分に目を向けてくれる人と真摯に向き合ってみようと思っていた。


「本当に、この店でよかったのか？」

「え？　だってここの焼き鳥がおいしいんですよね？」

今野に連れられて来たのは、以前誘われたときに行けなかった焼き鳥屋だった。

「まぁ、確かにそうなんだけど……でも最初のデートだからもうちょっとおしゃれなところの方がよかったんじゃないかと思って」

（デート……か）

「わたし焼き鳥大好きなんです。だからここで嬉しいですよ」

「だったら、いいんだ。ほら、注文しよう」

最初に頼んだビールを待っている間に、メニューを見る。

「適当に好きなもの頼もう。なにか苦手なものある？」

「いいえ。基本的になんでも食べられます」

ビールとお通しを持ってきた店員に、注文をする。

「鶏もも食うよな？」

「たれと塩どっちにしますか？」

店員の問いかけに、小夜子はなんの気なしに答えた。

「塩で」

「タレで」

しかし今野は違う注文をした。

「どっちにしますか？」

「あのわたしどっちでもいいですから……」

「いや、俺もどっちでもいいし」

お互い譲りあっていると、しびれを切らした店員から提案される。

「では四本にして、二本ずつタレと塩でいいですか？」

「じゃあそれで」

今野が注文をしている間、小夜子は鏡二と一緒に食べたオムライスを思い出していた。

（あのときは確か……最後の飲み物まで一緒で）

「以上で、いいよな？」

「あ。はい」

今野の呼びかけで現実に戻る。

（こんなときに広田さんのことを思い出すなんて）

小夜子は目の前の今野に集中することに務めた。

「おつかれ～」

「おつかれさまです」

お互いのジョッキを軽く合わせて、ビールに口をつけた。

「やっぱ十二月だから忙しいな。来月内部監査だろ。課長がピリピリしてて大変だよ」

「面倒なことは、全部今野さん頼みですもんね」

小夜子の言葉に今野が苦笑する。

「まぁ、今に始まったことじゃないから別にいいんだけど。秋友も手伝ってくれてるし」

「わたしがやってることなんて、たいしたことないですよ」

「それでも、ありがたいと思ってる。それと、こうやって俺のこと前向きに考えてくれてることも」

「今野さん……あの」

（そんなふうに思ってもらう資格は私にはない）

本音を言えば鏡二を忘れるために、今野に頼っているのだ。それなのにそんなふうに言われると申し訳なくなる。

本当のことを話そうと口を開きかけたときに、ちょうど焼き鳥が運ばれてきた。

「ほら、腹減ってるだろ。食おうぜ」

今野がさっき注文した焼き鳥の塩の方を、小夜子に差し出した。

「はい。いただきます」

「どうだ、うまいだろ？」

「はい。とっても」

小夜子の答えを聞いて満足した今野は、自らもおいしそうに焼き鳥をほおばった。

それからは仕事の話や、弟の話、お互いの学生時代の話など今までの先輩後輩の域を飛び越えた会話を交わした。

帰り際、小夜子は半分支払うと言ったのに、「ここは俺に払わせてくれ」という今野におしきられてご馳走になる。

（広田さんは、いつも知らないうちに支払ってくれていたな）

またもや浮かんできた鏡二の姿を、ブンブンと頭を振って頭の奥に追いやった。

「どうかした？」

「いいえ。ご馳走さまでした。本当においしかったです」

「よかった。また来ような」

今野は小夜子が頷くのを見て、嬉しそうに顔をくしゃくしゃにして笑った。その笑顔を見てチクリと胸が痛む。

「秋友……なんかあったんだろ。無理してないか？」

言い当てられて、顔がこわばる。

「あの……」

「無理して話さなくていい。辛いなら俺を頼ってもいいし利用してくれていい。だから無理しないでくれ」

さっきの笑みとは違う、なにかを含んだような今野の笑顔に胸が痛くなる。それでもなお、小夜子へ思いを向けてくれる今野に申し訳ない気がする。

「……ありがとうございます」

（いつか、この人の笑顔をまっすぐ見ることができるようになるんだろうか）

小夜子は自分で選んで歩き出した道が、本当に正しいのかわからなくなってしまった。

バス停で今野と別れて、ひとりバスを待つ。その間も思い浮かぶのは、さっき別れた今野のことではなく、もうずっと会っていない鏡二だ。

はぁと大きなため息をついたときに、不意に後ろから肩をたたかれた。

「ひゃっ！」

振り向くとそこには、藤沢が立っていた。

「おどろかせてごめんなさい」

「……藤沢さん」

できればあまり会いたくないというのが顔に出てしまっていたのか、藤沢は苦笑している。

「今帰りよね？　ちょっと付き合ってほしいんだけど」

「え、でも」

「いいから、行くわよ」

藤沢は返事を待たずに、小夜子の腕を引っ張り歩き始めた。

（ど、どうしてこんなことに……もうわたしと広田さんは関係ないのに）

小夜子はカツカツとヒールの音を響かせながら歩く藤沢に、ついて行くのが精一杯だった。

「で、なに飲みますか？」

引きずられるようにして連れてこられたのは、駅の裏側にあるバーだった。どちらかというと老舗のバーらしく狭いが趣味の良い店内は、週末だからかにぎわっていた。

「あの、じゃあスプモーニを」

「マスター！　スプモーニと山崎をロックで」

慣れた様子で注文をすると、カウンターの奥の男性が頷いた。

「こっちに戻ってくると、ここによく顔を出すの。私もここの出身なのよ……あ、鏡先生から聞いてるかしら？」

「はい……」

その会話の後、しばらくお互いなにも話さずにいた。

（どうして、わたしここに連れてこられたんだろう……）

藤沢に尋ねようと思ったとき、目の前にグラスが差し出された。

「スプモーニと、いつもの山崎。藤沢、今日は珍しく先生と一緒じゃないんだな」

「そうそう、珍しく家で原稿やってるわ」

鏡二のことを言ってるのだとわかった。

（原稿やってるってことは、執筆うまくいってるんだ）

ほっとした自分に驚いた。もう関係ないと何度も言い聞かせているのに、まったく効果なしのようだ。

目の前に置かれたグラスを手に取り、一口飲むと隣から藤沢が話しかけてきた。

「秋友さん……鏡先生と寝た？」

「グッ……ごほごほ……」

あけすけな質問に驚いた小夜子は、むせてしまう。苦しむ小夜子の背中を、その原因をつくった藤沢がさする。

「もう、そんなに焦らなくてもいいわよ。別に責めてる訳じゃないんだから」

(大人の関係だから、広田さんが誰と関係してもなにも思わないってこと?)

バッグからハンカチを取り出して口元を拭う。

「それ、お答えしないといけないですか?」

「ううん。今の反応で答えがわかったから、別にいいわ」

藤沢は目の前のグラスを傾けてコクリと喉を鳴らした。その姿が大人の女性に見えて思わず自分と比べてしまう。

(容姿もしぐさも考え方も、わたしよりもずっと大人。こんな素敵な人と広田さんは関係してたんだ)

いくら自分が望んだところで勝ち目がないことを思い知らされた。彼女にない『処女』という部分だけが鏡二にとって魅力的に映ったのでは……などということまで考えてしまう。

「やっぱり、あなたが原因だったのね。よかったこれですっきりした」

「どういうことですか?」

ひとり納得している藤沢に、事情の説明を求めた。

「今日、鏡先生に呼ばれて久しぶりに彼の部屋に行ったのよ。そしたら様子がおかしくて」

「おかしい？　……だってさっき原稿書いてるって」

「そう、やってるわよ。寝ずに食べずに、ずっと原稿」

藤沢の言葉に驚く。それまでスランプだといっていた彼のイメージとはまるで違う。

「こっちは原稿をもらえれば構わないけど。あのままだと、いつか倒れるわね」

その言葉を聞いて、酒を飲みすぎて倒れた鏡二の姿を思い出した。

「そんな……藤沢さんから少し休むように言ってください」

自分がそんなことを言う立場にないことは承知しているが、言わずにはいられなかった。

「もちろんそうするつもりよ。でも、ああなったのは、あなたのせいでしょ？」

「わたし……？　わたしはなにも」

「そう、だったら私の思い違いね。講演会のときに言い争ってたから、てっきりあなたが原因だと思ってたのよ」

藤沢はグイッとロックのウィスキーを呷るようにして飲むと、マスターにおかわりをオーダーした。しかしそんな様子に小夜子はいてもたってもいられなくなる。

「でも、どうしてそんなことに……」

「そうね……私も理由が知りたい。だから私は、今日あなたと話をしようと思ったのよ」

どういうことなのか、意味が理解できない小夜子に藤沢が言葉を続けた。

「あなたの鏡先生に対する気持ちが知りたかったの。私はずっと……高校時代から彼のことを想ってるわ。期間の長さと彼に対する気持ちの強さは誰にも負けないつもり」

藤沢は、はっきりと広田への自身の思いを口にした。

「だからあなたには『彼は支えられない』って言ったのに。あなたみたいな中途半端な気持ちの子に、彼の周りをウロウロされるとはっきり言って迷惑なのよ。今までもそういうことはあったけど、今回は明らかに鏡先生の態度が違うわ」

「それが私のせいだと言うんですね」

「それ以外、考えられないもの。彼のプラスになるなら私はなにも言わない……その程度のことでとやかく言うような浅い想いじゃないから。でも、あんなふうに鏡先生をダメにするなら、もう二度と彼に会わないで欲しいのよ」

小夜子は言われなくてもそのつもりだった。今、藤沢から鏡二の状態を聞くまでは。

「これは、お願いじゃなくて忠告よ。彼の邪魔をするなら私が許さないわ」

藤沢は立ちあがると目の前にあったロックグラスを持ち、一気に飲み干した。

「鏡先生のことは私がなんとかする。だから秋友さんは彼のこと忘れてください」

小夜子にきっぱりと言い、そしてそのまま「あの子の分も一緒につけといて」と言い残して、出口へ向かっていく。

残された小夜子は、目の前のグラスを見つめながら鏡二のことを考えていた。

（じゃあ、わたしはどうすればよかったっていうの？）

引っ掻き回すつもりなんてなかった。ただ結果的にそうなってしまったのだろうか？

藤沢のような付き合いができれば、小夜子だってとっくにそうしていた。でも一方的に好きになるばかりの恋を、彼の傍で続ける勇気が小夜子にはなかったのだ。

あの別れの日からなんとか鏡二を心の中から追い出そうとしていたのに、この数十分で小夜子の頭の中は彼でいっぱいになってしまう。

藤沢から聞いた話だと、鏡二は随分ひどい状況なのだと想像できる。作家が徹夜するなんて話はよく聞くが、編集者の藤沢が心配するほどだ。普通の状態ではないのだろう。

それを想像すると、居ても経ってもいられなくなり、小夜子は気がつけば鏡二のマンションに向かって走り出していた。

マンションのエントランスに到着して、ためらうことなく鏡二の部屋番号を押していた。いままで避け続けていたのが嘘のような行動力に、自分で驚いた。

（こんなことになるなら、あのとき広田さんから逃げるようなことしなければよかった）

息を切らしながら、インターホンの応答を待つ。ドクドクと胸が音を立てているのがわかった。

「……はい」

鏡二の声がインターホン越しに聞こえた。

たった一言だけなのに、小夜子は言葉が出てこずにただ立ち尽くしてしまう。

「あっ……あのっ」

緊張して声が上ずる。それに焦ってしまい上手く話すことができない。

「小夜子さん？」

(気がついてくれた！)

「あのちょっと……」

話し始めようとする小夜子の言葉を鏡二が遮った。

「申し訳ありませんが、お帰りください」

「え……あのちょっと待って……」

「すみませんが手が離せませんので」

ガチャリと受話器を下ろす音が聞こえた。

「うそ……」

なにも音がしないインターホンの前で立ち尽くす。

(話も聞いてもらえないなんて)

ショックを受けたが少し考えてみれば当たり前だった。自分から『会わない』と言っておきながら、気が変わって急に訪ねて受け入れてもらえると思うなんて虫が良すぎる。

そうわかってはいても、やはり受けた衝撃は大きく小夜子は改めて自分の短絡的思考を呪った。

いくら藤沢から話を聞いたとしても、もう二度と鏡二に関わるべきではなかった。インターホン越しに聞こえた冷たい声を思い出して、小夜子は唇を噛みしめた。

（もう、彼の心の中にわたしはいないんだ……）

ここに来るまで、鏡二に会えば自分ならどうにかできるといううぬぼれた考えが小夜子にはあった。しかしそれが間違いだったことを痛感する。

くるりと踵を返して、鏡二への思いを振り切るように駆け出した。


（あ、よかった。やっぱりここには置いてあった）

週末にはクリスマスを迎える時期になっていた。小夜子は鏡二と初めて会った書店に出向いていた。

あの日以来、できるだけこの書店には立ち寄らないようにしていたのだけれど、他の書店を数件まわっても探している本が見当たらず、仕事帰りにダメ元でここに来たのだった。

鏡二と出会った場所でもあり読書会の主催者である石塚の勤める書店でもある。いろいろ思い出して辛くなりそうで、ついつい足が遠のいていた。

「見つかった？」

「あ、はい。付き合わせてしまってすみません」

小夜子に声をかけたのは、今野だ。

「探してたやつだろ？　よかったな」

「はい。支払いしてきますね」

今野を待たせてレジへ向かう。幸い今日は石塚の姿はなかった。

ほっとして会計を終えて、今野とともに出口に向かっていると声をかけられた。

「秋友さんっ！」

振り向くとそこには、急いで駆け寄ってくる弥生の姿があった。

「弥生さん……」

「よかった……最近カフェにも全然顔を見せないから、元気かなぁと思って心配してたんですよ。連絡もすれ違いでなかなかとれなかったし」

「あ、いろいろ忙しくて、ごめんなさい」

「いえ、それはいいんですけど、来週読書会を久しぶりにやるんです。年内最後の年納め会なんで、絶対小夜子さんも来てください」

「でも……わたしはもう」

（広田さんとの思い出のある場所には、行きたくない）

「へえ？　読書会ってなにするの？」

それまで黙って隣で聞いていた今野が弥生に話しかけた。

「あの、こちらの方は？」

訝しげな表情で今野を見ている。

「あ、の……」

（こういうとき、どう説明すべきなの？）

今野とは食事やドライブはするが、告白の返事はまだだった。

「いきなり首突っ込んですみません。俺は秋友の……同僚で今野といいます」

「あ、職場の方ですか？　……よかった」

（よかったって……どういう意味だろう？）

小夜子の疑問をよそに、弥生が今野に読書会について説明している。

「読書会っていうのは、本好きの人が各々の好きな本を持って集まって紹介し合うんです」

「ふーん。秋友も参加してるの？」

突然、話を振られて驚く。

「あ、はい。最近は忙しくてなかなか行けてなかったんですけど」

「だから次こそは、絶対に来て欲しいんです。どうにか都合つきませんか？」

今までこんなふうに強引に誘われたことはなかった。なのに今回はいやに熱心だ。

「もしかして参加者が少ないの？」

「え？　あ、そうなんです。だから来てほしくて」

　両手を合わせて小夜子に頼み込んでくる。

「じゃあ、一緒に行こうぜ。俺も興味あるし読書会」

「え⁉　一緒にですか？」

　驚いたのは、小夜子ではなく弥生だった。

「なに？　俺が行っちゃまずい？」

「いえ、別にそういうわけじゃないんですけど」

「いいよな、秋友？」

　鏡二と過ごしたあの場所に今野を連れていく。小夜子の心の中で「嫌だ」という思いが湧き上がったが、それを抑え込んだ。

「いいですよ。一緒に行きましょう」

（こうやって、ゆっくりと広田さんへの思いに上書きしていかないといけない）

「あの……じゃあ、おふたりで参加ってことですよね？」

　今野が一緒に行くと言った途端に、歓迎ムードじゃなくなった弥生を不思議に思う。

「うん。また時間は連絡してね」

「あの……でも」

弥生はまだなにか言いたそうな様子だったが最終的に「また連絡します」と言って、去っていった。

弥生の態度に疑問を感じながら、今野と書店を出た。

「俺も久しぶりに本読んでみよ。最近忙しくて全く読めてなかったからな」

「あ、じゃあ時間が決まったら教えますね」

店を出ると冷たい風が頬をさした。身を震わせた小夜子の手を今野がそっと握った。

今までこんな風に触れ合ったことがなかったので、つい手をひっこめようとしてしまう。

しかし今野はその手を離さなかった。

「なぁ、秋友。クリスマスは実家に帰るんだよな？」

「はい……弟が楽しみにしているので」

「だったら、読書会の日一日俺にくれないか？」

いつもと違う真剣な目が、今野の本気を表していることがわかる。

「そろそろ、次の段階に進みたいと俺は思ってる。秋友は？」

「……そうですね。わかりました」

今野の言葉に笑顔を返した。

（待たせてばっかりじゃダメ……わかってるけど）

今野の手と繋がれた自分の手が〝違う、この手じゃない〟と拒んでいるような気がして、罪悪感に囚われる。

(いつになったら、広田さんの残したものが体から消えるんだろう)

あの日つけられたキスマークはとっくに消えてしまっている。しかし小夜子の心に刻まれた鏡二のすべてが依然としてそこに留まったままだった。


そして迎えた読書会当日。

小夜子は駅前で、今野と待ち合わせをした。

(弥生ちゃん、昨日の電話でもやたら今野さんのこと気にしてたな……どうしたんだろう?)

「どうしても一緒に来るんですか?」と最後まで確かめられた。なにか不都合があるのかと尋ねると、否定されたので結局弥生の意図することがわからないままだ。

「今野さん、こっちです」

改札を出たところで、キョロキョロしている今野を見つけて声をかけた。

「待たせたか?」

「いいえ。わたしもさっき来たところですから」

ふたり並んで読書会の会場であるカフェへ向かった。

「こんにちは」

カフェの扉を開けると、弥生が出迎えてくれる。奥には石塚の姿も見えた。いつも読書会を開くスペースに、見知った顔を発見して嬉しくなって歩み寄ろうとすると、弥生に止められた。

「今日は思いのほか人数が増えちゃって、こっち側の席に座ってもらっていいですか？」

弥生に案内された席は、六人が座れるくらいのスペースだが壁に仕切られていて他の席からは見えづらい場所だ。

「秋友は、このカフェによく来るのか？」

席に座って周りを見渡しながら今野が尋ねた。

「はい。以前はよく来てました」

「ふうん。特別な理由があって来なくなったのか？」

（もしかして、なにか気がついてる？）

「特に理由なんてないんです。ここ最近忙しかったから」

これから真剣に向き合おうと思っている相手に対して、正直になれないことに申し訳なさを覚えた。

小夜子が俯いていると「いらっしゃいませ〜」という弥生の声が聞こえてきたので頭を上げた。

入口に視線を向けると、そこには藤沢が立っていた。

「あれって、藤沢さんじゃないか？」

今野も気がついたようで、立ち上がって藤沢に向かって頭を下げた。小夜子も隣で今野にならう。

（どうしてこんなところで……）

できれば鏡二に次いで会いたくない人だ。それなのに今野と小夜子に気がついた藤沢は、こちらに近寄ってきた。

「お久しぶりです。その節はお世話になりました」

藤沢は今野に向かって丁寧に頭を下げた。先日小夜子を無理矢理バーに連れて行ったときの強引さのかけらもなかった。

「こちらこそ、ありがとうございました。あの講演会大変好評だったんですよ。な、秋友」

「はい……」

話を振られて生返事を返す。

「そうですか、それはよかったです。あの実は私、待ち合わせをしているんですけど、相手が遅れているみたいなんです。こちらの席で一緒に待たせてもらっても構いませんか？」

「どうぞ、どうぞ！」

小夜子の思いは届かず今野は愛想よく了解し、藤沢も同じテーブルに座る。

「今野さんと秋友さんは、プライベートでもこうやっておふたりで出かけるんですね？」

小夜子と鏡二の関係をなんとなく知っているはずの藤沢の言葉に、悪意を感じる。

(どういうつもりなんだろう……)

返答に困っていると、今野が先に答えた。

「いつもっていうわけじゃありませんよ。今日はここで読書会があるっていうからふたりで来たんです」

あたりさわりのない回答に、小夜子はホッと胸をなでおろした。

(別に知られたら困るわけじゃない。でもなんとなく藤沢さんに話をしたくないな)

「そうですか……、読書会ですか」

なにかを考えている藤沢の様子を見て、小夜子は居心地の悪さを感じながら読書会が始まるのを待っていた。

すると、薄い壁で仕切られた向こう側から男性の声が聞こえてきた。どうやら読書会の参加者のようだが、大きな声で話をしているのでこちらまで話が漏れ聞こえてきた。

「このあいだ市が主催した鏡ヒロの講演会に行ってきたんだ」

今野や藤沢にも聞こえていたようで、三人が黙ったまま顔を見合わせた。

「なんか顔がいいせいか、周りにいた女たちがキャーキャー騒いでて、アイドルのサイン会みたいでさ」

（そんな……あんなに真摯に言葉を選んで話をしてくれていたのに）

「まぁ、正直三流作家の講演会にそこまで期待して行ったわけじゃねーけど、全く中身がない講演会だった。時間の無駄だぜ、あんなの……どうせ新作も書けやしないのに、いつまで郷土の偉人気取りなんだって、あはは！」

男の笑い声が響くなか、小夜子は勢いよく立ち上がりその男のいるテーブルの前に立って相手を睨みつけていた。いきなりの小夜子の行動に、一緒にいた今野も藤沢も呆然として止めることさえできなかった。

次の瞬間〝ドンッ〟というテーブルをたたく大きな音と、上に乗っていたカップの〝ガチャン〟という音が店内に響いた。小夜子の仕業だった。

それまで騒がしかった店内が一瞬にして静かになった。

「なんなんだよ、お前いきなり！」

男は赤い顔をして小夜子を睨みつけた。しかし小夜子はひるむことなく男を睨み返す。

「訂正してください！　鏡ヒロは三流なんかじゃありません」

「は？　なに言って――」

「広田さんは……鏡ヒロは、真剣に言葉と向き合ってそれを生み出し伝える努力をいつもしています。自分を偉いだなんて思ってないし、むしろ書けないことに誰よりも苦しんでいるのに……。なにも知らないくせに軽々しく彼に対する評価を下さないでください！」

「おい、秋友……」

　今野が小夜子の腕に手をかけて止めようとするが、小夜子の言葉は止まらない。

「彼の作品はわたしの宝物です。だから彼をこんな形で汚されることは我慢できません。誰よりも彼が一番書きたいと、新しい物語を作り上げて読者に届けたいと思っているのに！　二度とそういうことは言わないでくださいっ」

　踵を返して出口に向かう。

（人前でこんなに声を荒らげるなんて……でも我慢できなかった）

　間もなく出口というところで、下向きの視界のなかに男性の靴が入ってきた。

（この靴……！）

　顔をあげるとそこには、鏡二がいた。

「い、いつからそこに？」

「あなたが、かっこよく啖呵を切るところからです」

（それじゃ今の話、全部聞いていたってこと？）

　顔がカッと赤くなるのがわかった。それを隠して鏡二の脇を抜けた。

「失礼します！」

「小夜子さんっ」

　勢いよくカフェを飛び出し駆け出した。年末で多くの人で溢れかえっている街をひとり走る。

(藤沢さんが待ち合わせしてる人って、広田さんだったんだ)

少し考えればすぐにわかったかもしれないが、後悔しても遅い。今はできるだけあの場所から遠く離れることだけを考えた。

(あんなこと言われて迷惑だと思ったに違いない。わたしが広田さんの気持ちを代弁するなんて、おこがましすぎる。ちゃんと拒否されたのに、絶対未練がましいと思われてる)

頭の中をグルグルといろいろな思いが渦巻く。

「……よこさんっ……、小夜子さんっ！　待って！」

(う、嘘……なんで広田さんが)

振り向くと、人を器用によけながら自分を追ってくる鏡二の姿があった。

急いで前を向いて走り出す。白い息を吐きながらブーツのヒールの音をたてて必死で走った。

しかし、コンパスの長さが圧倒的に違う上に、サッカーで体を鍛えていた鏡二はあっという間に小夜子に追いついた。

「待ちなさいと言っているのが聞こえないのですかっ！」

その瞬間小夜子の腕は、鏡二に引っ張られてそれ以上進むことができなくなってしまう。

そんなふたりを街を行き交う人々が、何事かという表情で見ている。

しばらくふたりとも、言葉を交わさずに上がった息を整えていた。

「ど、どうして追いかけてきたんですか？　なんで放っておいて――」

小夜子の言葉は鏡二のキスに奪われる。どんどんと拳で鏡二の胸を叩いて抵抗するが、腰と首に回された手が小夜子をがっちりと抱きとめて逃げることができない。

強くたたいていたはずの拳が、力なく降ろされた後も鏡二のキスが続いた。唇が離れたあと、周囲の視線も気にせず鏡二は、改めて小夜子を抱きしめた。そして髪に顔をうずめたまま掠れた声でささやいた。

「どうして追いかけてきたかって？　あんな形で好きだって言われたら誰だって追いかけたくなりますよ。逃げないで、もう一度私と向き合ってください」

（あんな形って……広田さんを庇ったこと？）

痛いほど抱きしめられた。鏡二の言葉ひとつひとつが嬉しい。けれど先日ひどく突きはなされたあとの急展開に、いったいなにが起こっているのか小夜子はいまいち理解できていない。

「あの……なんだかいろいろよくわからなくて」

戸惑い、鏡二の顔を見上げていると、背後から声がかかった。

「鏡先生。これがないとカッコつけられないんじゃないですか？」

藤沢が茶封筒を鏡二に差し出している。その後ろには今野もいた。

茶封筒を受け取った鏡二がクリップで留められた用紙の束を取り出した。それを小夜子に差し出す。

「鏡ヒロの新作です」

「じゃあ、書けたんですね⁉」

声が上ずってしまった。そんな小夜子を見て鏡二は笑顔になる。

「だから今日の読書会で読んでもらおうと思って、弥生さんにお願いしてあなたを呼び出してもらったんです」

小夜子は自分の手の中にある原稿を、その場でパラパラとめくり始めた。

「ちょっと、それ読み終わるまで私たちにここで待てって言うの？」

藤沢の言葉で小夜子は我に返る。

「あ……、そうですね」

とはいえ、鏡二と小夜子、藤沢と今野というメンバーが揃ったこの場でどう収拾をつけていいのかわからない。

(今さら弥生さんのカフェに戻っても、気まずいだけだし)

「近くのホテルにカフェテリアがあります。そこに移動しましょう。お話がありますので今野さんも同席してください」

「あ、あの……！」

成り行きとはいえ、今野に鏡二とのキスシーンを見られてしまった。きちんと向き合うつもりだった相手の目の前で裏切るようなことをしてしまった小夜子は、自分はどうするべきなのかわからず困惑していた。

「小夜子さん、いいですから。私にまかせてください」

鏡二が小夜子の手をギュッと握ると、少し気持ちが落ち着いた。戸惑っているのは今野も同じで状況が把握できずにいるようだ。

「とにかく移動しましょう。寒いわ」

藤沢の一言で四人は、ホテルのカフェテリアに移動した。


ガラス張りのカフェテリアは、冬の時期にも関わらず光をうまく取り込んで明るい。

そんななか、四人は全員の前に注文した飲み物が届くまで誰ひとりとして口を開かなかった。最後に鏡二の前にアイスコーヒーが置かれると同時に、彼が口を開いた。

「今野さん、あなたには謝らなければなりません。申し訳ありませんが、あなたに小夜子さんをお譲りすることはできません」

拳を両膝においたまま頭を下げた。

「あの、いきなりそんなこと言われても、ちょっと状況だ……」

突然の鏡二の発言に、今野は戸惑いを隠せない。

「わたしが悪いんです。ちゃんと気持ちが固まってないのに、中途半端なことして」

小夜子が口をはさむと、それを鏡二が制止する。

「あなたに、そうさせたのは私です。ですから私が」

「でも──」

「ちょっと！　そこでふたりで言い合っていても話が前に進まないんですけど！」

藤沢がコーヒーカップをソーサーに戻しながら、不機嫌に突っ込んだ。

「それって、秋友の様子が変だったのって、鏡先生が原因だったってことか？」

小夜子は今野の言葉に頷いた。

「……そうだったのか」

驚いたあと肩を落とした今野に、小夜子は申し訳ない気持ちでいっぱいになる。

「いろいろとご迷惑をかけたことは、謝ります。ですが先ほども言いましたが小夜子さんのことは諦めてください」

鏡二はまっすぐに今野を見て、きっぱりと言い切った。それを受けて今野はため息のあと、言葉を続けた。

「秋友が、俺の方を見てないってことは最初からわかってたんです。それでもいいからって言って強引に付き合おうとしていたのは、俺ですから」

無理やりのように浮かべた笑顔が小夜子の胸に突き刺さる。利用していいと言われ、それに甘えたのは小夜子だ。それなのに、結果傷つけるだけで終わってしまった。

「今野さん、ごめんなさい。わたしあなたに甘えてました。中途半端な気持ちであなたを利用してしまって本当にごめんなさい」

小夜子は誠心誠意謝った。

「いいって、そんなに謝られるとみじめになる」

「ごめ……あっ」

またも謝りそうになる小夜子を見て、呆れたように今野が笑った。

「謝らなくてはいけないのは、小夜子さんではなく……藤沢ですよね？」

「どうして私が？　確かに多少話は盛ったけど、そのおかげでいい方向に向かったでしょ？」

しれっとして、自分の責任ではないと言い切る藤沢を鏡二が睨みつけた。

「いいえ、あなたがそう仕向けた。計算高い藤沢が、無垢な小夜子さんを騙すなんて朝飯前だったでしょうね」

すると藤沢は、諦めたように事の経緯について話しはじめた。

「私と鏡先生は、秋友さんが思っているような〝大人の関係〟は一切ないわ」

「じゃあ、どうしてあんなことを？」

嘘をついて小夜子を遠ざけようとしたのには、それなりの理由があるはずだ。

「私は『女として』鏡先生を支えたかったの。でも彼にそれを拒否された……私は高校の時からずっと、彼に身も心も捧げてきたのに……」

「身も心も捧げた……それって」

小夜子の言葉を鏡二が遮る。

「また……そうやって誤解をさせるような話し方をしないでください。藤沢愛一郎（あいいちろう）」

「ひ、ひどい！　その名前で呼ばないでって何度言ったらわかるの？　私は、愛花よ！」

いきなり金切り声をあげた藤沢を見て、今野と小夜子は目を丸くする。

「あの……愛一郎って」

小夜子の疑問を今野が代わりに口にする。

「本名です。藤沢愛一郎・三十三歳・独身男子」

「だ、男子――！」

鏡二の答えに思わず声をあげてしまった小夜子は、慌てて大きく開いた口を押さえた。

藤沢は顔を覆って俯いたまま話す。

「今さら戸籍上の性別なんて関係ないじゃないの！」

「たしかに、私はいろいろな人がいていいと思っています」

「だったら……！」

顔をあげて藤沢は、鏡二を期待を込めた目で見る。

「でもずっと男で親友だったのに、急にこれからは女として見ろと言う方が無理でしょう」

鏡二の言葉に藤沢はがっくりと肩を落とした。

「分かってたのよ。私がだんだん女性の格好をし始めても、態度は高校生時代から全然変わらなかったもの。でも……本当に一回だけでもダメ？」

「ダメに決まってるでしょう。それに、もしアナタが男だろうと女だろうと、小夜子さんが現れてしまったんだ。藤沢の私への思いが叶うことはありえません」

「なによ。全部私がお膳立てしてあげたのに結局今の今まで、自分の気持ちも言えなかったくせに」

「あなたがややこしいことをしなければ、こんなこととにはならなかったんですよ。反省してください！」

言い争うふたりの間に小夜子が割って入る。

「じゃあ、藤沢さんと広田さんが男女の関係だったことは……？」

「そもそも〝男女〟ではないのですから、当然ありえません」

鏡二が即座に否定した。

「藤沢と私がそういうことになることは、これから先も一生ありえません」

はっきりと言い切る。

「そこまではっきり言わなくてもいいじゃない」

「はっきり言わないと、あなたはわからないでしょう？　これ以上小夜子さんにちょっかい出されても困りますから」

「あの……」

今野が急に口を挟んだ。

「俺、これ以上この話についていけそうにないんで先に帰ります。失恋したばかりだし」

頭を掻きながら苦笑いを浮かべた。

「今野さん……」

「そんな顔しないでくれよ。俺は好きな子の幸せを願えるくらいの心の広さは持ってるつもりだ。まだ仕事納めまで何日かあるんだから、あまり羽目を外さないようにな。じゃ、月曜に」

立ち上がった今野を、藤沢が腕を引いて止めた。

「ちょっと、ここにも失恋した女がいるのに、ひとりだけ先に帰るの？」

「え、女って……」

戸惑う様子の今野の腕を、立ち上がった藤沢ががっしりと握った。

「飲むわよ。失恋したもの同士、朝まで飲むわよっ！」

「そんな……俺は……ちょっと」

藤沢はヒールの音を響かせながら、今野の腕を強引に引っ張り出口に向かった。

あっと言う間に去っていった今野と藤沢を見送ると、鏡二が小夜子に向き直った。

「今まであなたを傷つけてしまい申し訳ありませんでした。自分の気持ちを伝えないままあなたに触れてしまったこと、それに今野さんとあなたの関係に嫉妬してしまい、つらくあたったことも謝ります」

鏡二は頭を下げた。

「こんな私でも受け入れてくれるというなら、この原稿を最初に小夜子さんに読んで欲しいんです」

「最初って、藤沢さんには？」

本来なら担当の編集者が一番最初に読むはずだ。しかし鏡二は首を振った。

「あなたと出会ってあなたのために書いた〝鏡ヒロ〟の作品ですから。誰よりも先にあなたに読んでほしい。これができるまであなたと会わないと決めて、ちゃんと鏡ヒロとしての自分を取り戻してから、小夜子さんをこの手にもう一度抱こうと決めていました」

「私のために……」

小夜子は原稿を読み始めようとした。しかし、その手は鏡二によって止められる。

「でも、申し訳ありませんがそれはしばらくお預けです。行きますよ」

「え？　ちょっと……」

鏡二は小夜子の手を引いて立たせると、そのままエレベーターに向かって行き、小夜子をエレベーターに押し込んだ。

「あの、これからどこに行くんですか？」

「原稿に集中するために取ってある、私の部屋です」

「あ、えっと……なにがあるんですか？」

薄々気がついていたけれど、あえて小夜子は尋ねる。

「わざわざ私に言わせるんですね？　それともここで始めますか？」

「あ、いや、それは結構です」

「もう少しで着きますから、我慢してください」

「なっ……」

(なんかまるで、わたしが期待しているみたいに聞こえるんだけど……でもしてないって言えば嘘になる)

小夜子は摑まれていた手をそっと離すと、自分から鏡二の手を握りなおした。鏡二もまたそれに応えてしっかりと小夜子の手を握ったのだった。

部屋に一歩入ると、最初に目に入ったのは書斎机の上にあるノートパソコンだった。そしてその横には文字がプリントアウトされた用紙と、あの万年筆が置かれていた。

「ここで、お仕事されていたんですか？」

「はい、どうしてもあの原稿を今日渡したかったものですから」

すぐ後ろから声が聞こえてきた。そしてそのままギュッと抱き締められた。

「広田さ……」

「そのまま聞いてください。あなたに出会ったのは本当に偶然でした。それまでの私は〝キョウジ〟としての活動は続けていたものの、〝鏡ヒロ〟としてはまったく書けない状況になってすでに何年かたっていたんです」

ふたりが出会った本屋の光景が思い浮かぶ。

「書けないジレンマは相当なもので、いつしか私は自分の中の広田鏡二、鏡ヒロ、キョウジどれが本当の自分なのかわからなくなっていました。自分の中でうまく折り合いが付かない状況だったんです。そんなときあなたは、まず広田鏡二としての私を知り、次に官能小説家としてのキョウジを知って、最後にファンだと言ってくれた鏡ヒロが私だということを知っていく中で、柔軟に私というものを受け入れてくれました」

「だって、どの立場であっても広田さんは広田さんじゃないですか」

小夜子は思ったことをそのまま口にした。彼のいろいろな面を知る度に思いが募っていった。どの彼も小夜子にとっては魅力的だった。

「あなたはまたそうやって……私の心をますます強く捉えるのですね」

抱きしめられていた腕に力がこもる。

「それは、わたしだって同じです。会うたびにわたし、あなたを好きになって苦しかった。結局小説のためにわたしに触れてるんだって思うと、いたたまれませんでした」

「そんなはずないじゃないですか……私は好意を寄せている相手以外にこのようなことはしません」

鏡二の指先が小夜子の顋に触れた。優しく後ろを向くように促されると、そのまま鏡二のやわらかい唇が触れた。

「だって何度も〝トラウマ克服〟だって言ったり〝小説のため〟だって言ったのは広田さんなんですよ」

唇が離れたすきに抗議する。

「それは謝ります。そんなふうに思わせて申し訳ありませんでした。でもどんな形であってもあなたを手放したくなかった」

小夜子が悩んでいた同じ時間、鏡二もまた小夜子のことを思い、悩んでいたのだ。

「この間、私を訪ねてきてくれたとき本当はあのまま小夜子さんを抱きしめたかった。でも男としてきちんとした形で、あなたに好きだと言いたかった。自分の誇れるものを取り戻してから、あなたを腕に抱きたかったのです」

鏡二の腕に力がこもる。痛いくらいだったが、小夜子にはそれが心地よかった。

「なんだか、わたしたちすごく遠回りしていたみたいですね」

それに答えるように、鏡二の顔に笑みが浮かんだ。

「で、トラウマは克服できましたか？」

「……はい広田さんに触れられるのは、嬉しいです」

小夜子がそう言うと、鏡二が顔をそむけた。

「あの……私なにかいけないこと言いましたか？」

こちらから表情はわからないが、耳が赤い。

「あなたという人は……以前にも言いましたが、サラッと男を煽るようなセリフを言ってはいけません！　……私以外の前では」

「きゃっ……」

抱きかかえられてそのまま数歩先のベッドへ連れて行かれた。

ダブルのベッドはスプリングが効いていて、優しく置かれたのに体が跳ねた。なんとかバランスをとって上半身だけ起き上がる。しかし、じりじりと追いつめるように鏡二が迫ってくる。

「あの、そうだ！　わたしシャワー」

「終わってから一緒に入りましょう。前回は断られましたから、今回リベンジです」

（む、無理です……）

「じゃあ、えっと。ちょっとお腹がすきました」

「それは同意します。でも私が食べたいのは小夜子さんなので、これ以上お預けされると餓死してしまいます」

鏡二が一気に上半身の服を脱ぎ捨て、あらわになった胸板に、小夜子は思わず目を背けた。

「でも、あの……」

「時間切れです。前にも言いましたが、私せっかちなんです」

「……んっ」

唇をふさがれて、すぐに舌が差し込まれた。

(甘い……)

小夜子の舌はあっと言う間に鏡二に捉えられてしまう。つつかれて絡め取られて、羞恥心も理性も一気に飛んでいく。そして残ったのは目の前の人を愛しいと思う気持ちだけだった。

「広田さんっ……」

「鏡二です。名前を呼んでください」

耳元で熱い吐息交じりに懇願されて、嫌とは言えない。

「鏡二さんっ……」

「もう一度」

「んっ……ふぁ……」

二度目に呼んだあと、すぐに唇がふさがれた。むさぼるようなキスに呼吸が苦しくなる。

なんとか息を吸い込もうとあがいてみるが、そのたびにキスが激しくなる。

キスの洗礼をうけて、脳内がとろけ始めたころ膝頭から太腿にかけて鏡二がゆっくりと撫でた。

「……っ！　ひゃあん」

触れるか触れないかという強さなのに、体はビクビクと反応してしまう。

「ふふふ……相変わらず、素晴らしい反応ですね」

「そういうこと……言わないでくださいっ」

「それは無理なお願いです。私の楽しみを奪うなんて、たとえ小夜子さんでも許しませんよ」

(た、楽しみ。わたしを恥ずかしがらせることが？)

「すみません。少々荒くなります」

小夜子の返事など聞かずに、鏡二は小夜子の着ていたニットワンピースをたくし上げた。

そしてそのまま一息に脱がせてしまう。抵抗する暇など一切与えられなかった。

「や……っそんな……ダメっ」

驚いているうちに、ブラジャーのカップがずらされて主張を始めたばかりの先端を口に含んだ。

「あっ……んっ」

唇で挟み込むようにされたあと、舌で執拗に転がされる。背中に回された手がホックをはずすと、締め付けがなくなって心もとない。

反対の胸の頂は、指ではじかれるたびに固さを増していくようだ。

「こんなに、私を誘ってきて、あなたはいったい私をどうするつもりなんですか？」

胸に口づけながら鏡二が小夜子の目をのぞきこんでくる。視線が合うとカッと体が熱くなった。

「そんなつもり……ない……はぁ……のにぃ」

下半身がじくじくと疼く。思わず太腿をすりあわせてしまい鏡二に気づかれた。

「気が利かなくすみません……感じやすい小夜子さんのことですから、こっちも可愛がってあげないとかわいそうですね」

あっと思ったときにはもう遅かった。くるりとうつぶせにされて、目の前の枕に抱き付いた。それと同時にパンストとショーツが膝まで下げられる。

「こ、こんな恰好！」

お尻だけつき上げているような体勢だ。小夜子が最も見られたくない部分が鏡二の顔の真ん前にある。明るい部屋で抱き合うふたりを隠すものなどなにもなかった。

「あぁ……こんなになるまで放っておいてすみません」

割れ目に指を這わせながら、低い声でささやいた。

「もうすごく濡れてますね。あぁ……入れたらとても気持ちよさそうだ」

指が一本小夜子の中に埋まる。

「んっ……」

「声、たくさん聞かせてください。私だけしか知らない、あなたの声」

(洗脳される……)

普段なら抵抗する言葉も、彼に言われるとなんでも頷いてしまう。

「ひっ……あぁあ。しないで、もう」

グチュグチュという音が耳に届き羞恥心を煽る。しかしそんな小夜子の様子を楽しんでいる鏡二がやめるはずがない。

「あぁ……しないでって言われるとしたくなるんです。覚えておくといいですよ」

指がもう一本増えて、二本の長い指が小夜子の中で暴れている。

枕に顔をうずめて、せりあがるような快楽に翻弄され続けた。

「ここ、好きですよね。触ると嬉しそうに締めつけてくる」

「や……やぁん。ダメ変なの……あぁ」

小夜子の気持ちいい場所はすべて鏡二が探し出したものだ。だから的確に小夜子を愉悦の中へいざなった。

「ダメねぇ……今日はその声が〝イイ〟に変わるまで何度もしましょう」

（何度もなんて……だめ）

「ひゃっ……ん」

背筋を下から上へと舐められて、快感とは違うゾクゾク感が体をつきぬけた。しかしそれに気を取られているうちに、鏡二の指が小夜子を高みに押しやった。

「あ、あああぁ!!」

顎を突き出していっそう高い声を上げ、ブルブルと震える体を支えきれずに枕に突っ伏した。

小夜子はなにも考えられず、枕に顔をうずめて「はぁはぁ」と息を吐くだけしかできない。

枕を抱きしめ息を整えていると、先ほどイッたばかりの場所に熱くて固いものがあてがわれた。

「待ってください」

重い体を起こして鏡二を止めた。

「もしかして痛いですか？　まだ二度目です。痛かったら言ってください」

しかし小夜子が気になるのはそこではなかった。

「顔が……きょ、鏡二さんの顔がみえないのは……イヤです」

なんとか顔だけを背後にむけて鏡二を見た。しかし、顔を背けて目を合わそうとしない。

（なんか、さっきもこういう光景があったような……）

「あなたを抱いて緩み切っている私の顔を見て、嬉しいですか？」

顔を隠すように口元を覆っている。耳も赤く恥ずかしがる鏡二の表情に小夜子は驚いた。

（こんな顔してくれるなんて、思ってもみなかった）

小夜子は自ら仰向けになった。

「嬉しいです。そうさせてるのがわたしだと思うと、よけいに」

小夜子が鏡二の頰に手を伸ばし、触れた。たしかにやわらかい笑顔で小夜子をみつめていた。

「まぁ、いいでしょう。どうせすぐに目を開けていられなくなるんですから」

鏡二はグイッと小夜子の中へ自身を埋める。

「……きついですね。早く入りたいのに、意地悪なのは私ではなく小夜子さんですね」

「そ、そんな……わたしよくわからなくて」

「いいんですよ。これから時間をかけて私が教えていきますから」

ゆっくりと鏡二が小夜子の最奥を目指した。軽い痛みと圧迫感で息がつまりそうになる。

そのたびに、頬や額にキスを落とされて痛みを和らげてくれた。

「あぁ……やっとあなたのところに帰ってこられました」

すべて小夜子の中に埋めると、小夜子の両手を絡めるようにして握り覆いかぶさった。

そしてゆるゆると反応をみながら動かす。

「あっ……ん、はぁ」

「痛いですか？」

小夜子は首を左右に振って答える。初めての時のような引き裂かれる痛みはない。

「舌を出してください」

言われるままに、舌を差し出すと鏡二が見せつけるように自分の舌を絡めた。ピチャピチャという音をさせながらするキスは体の芯を熱くする。

そのたびに快感が溶けだしたように、小夜子の中から蜜が溢れだした。

「んっ……んふぅ」

小夜子の体すべてが鏡二で満たされた。キスや彼自身から与えられる快楽とともに、汗で濡れた素肌や吐息、彼から漏れ聞こえる言葉すべてが小夜子をいっぱいにしていた。

「くっ……キツイですね。そんなにされると、持ちそうにありません。少し乱暴になりますが許してください」

ゆるゆるとした動きが急に激しくなる。一気に最奥に鏡二が届くと目の前がチカチカと

した。

「あっ……あぁあああっ！」

「中でも十分感じるみたいですね」

鏡二が目を細めたまま口角だけ上げた。その表情にゾクリとした。

「私だけ気持ち良くなっては、申し訳ないですね。小夜子さんも思い切り感じてください」

一度引き抜かれ、また深く差し込まれる。それと同時に鏡二の指が小夜子の固くなった乳首をキュッと挟んだ。

「いやっ……しないで、同時にしないでぇ」

体をしならせた瞬間、もう一度最奥をつく。さっきと当たる場所が変わったせいか小夜子の反応が変わった。

「ここを痛いくらいに弄ばれるのが好きなんですか？　それともここを突かれるのが好きなんですか？　教えてください」

「だめ、だめ……どっちも」

「どっちも……好きってことですか……それじゃあ」

急に荒々しく突き上げ始め、小夜子はそれに合わせて嬌声をあげることしかできない。

「あぁああ！　んんっ……」

「一度、イきますよ。……小夜子さんっ」

よりいっそう小夜子の中の鏡二が大きくなる。それが下腹部にたまった小夜子の快感を一気にはじけさせた。

「あぁあ……ん、鏡二さ……」

「くっ……うっ」

鏡二が歯をぐっと喰いしばった瞬間、熱い感覚が小夜子の中を満たしていった。

お互いに上がった息を整える間も、鏡二は小夜子を腕の中にとじこめたまま髪を弄んでいた。

「広田……さ」

小夜子の唇に鏡二が人差し指を当てた。

「鏡二です」

「あっ……鏡二さん。あの、新作書きあがってよかったですね」

腕の中で首だけを上にむけると、満ち足りた笑顔を浮かべる鏡二と目が合う。

「きっかけは……私の目にみえる景色をあなたに伝えたいと思ったことです。私の見ているもの感じているものをあなたにも見せたかった。私自身のことをあなたに知ってもらいたかったんです」

小夜子の頭を撫でながら話をしてくれた。

「わたし自分がそんなふうに言ってもらえるなんて思ってもいませんでした。すごく嬉しいです」

鏡二の胸に顔を寄せ、ぬくもりを実感した。トクトクという心臓の音が心地よい。

「万年筆のこと覚えていますか？」

「あの〝魔法の〟ですか？」

唐突に話が変わって戸惑いながら問いかけると鏡二は頷いた。

「私は、気に入ったものは大切に大切に扱うんです。あなたも同じように、メンテナンスをして愛情を注ぎたいのですがいかがでしょうか？」

（それは……長い間時間をかけてずっと愛してくれるということ……）

胸がドクンと大きく音を立て衝撃と喜びが体を駆け抜けた。小夜子は鏡二の体に手を回すとありったけの力でギュッと抱きしめる。

「はい、よろしくお願いします」

胸に顔をうずめたまま、呟くように伝えた。それをしっかりと聞き届けた鏡二が体を起こして、小夜子に覆いかぶさる。

ゆっくりと唇が近づいてきて、瞼を閉じた――瞬間はっと思い出した。

「原稿！　あの、新作の原稿どこですか？」

「へ？」

小夜子の勢いに鏡二は目を見開いている。

「新作、読みたいです、今すぐ！」

そんな小夜子を見て笑いながら、鏡二はベッドを降りて塊になった衣類の中からボクサーパンツを取り出して身に着けた。

そして原稿とバスローブを持ってくると小夜子へ差し出す。小夜子はそれを受け取ると、バスローブを身に着けて、枕を背中と壁の間に挟みクッションにしてベッドに座ると、早速読み始めた。

久しぶりの鏡ヒロの世界に、すぐに入りこんでしまった小夜子の隣に鏡二も座った。

しかし鏡二が見ているのは、原稿ではなくそれを楽しむ小夜子の姿だ。

ときおり笑顔になったり、また反対に眉間に皺を寄せたりする表情をじっと眺めていた。

「はぁ……すごいですね。面白いです！」

興奮して隣にいる鏡二に話かける。しかし小夜子を見つめていた鏡二と目が合うと、途端に恥ずかしくなってしまう。

「楽しんでいただけているようで、なによりですが……」

小夜子の手にしていた原稿を鏡二が取り上げる。

「あっ……」

「嬉しそうなあなたを見ていると、私の準備が整ってしまいました」

そして太腿に熱くて固いものが当たっているのを感じる。

「準備ですか……?」

なんのことだろうか……と聞きそうになったときに、鏡二が小夜子に覆いかぶさった。

(これって……)

意図することがわかって、驚いた小夜子は苦笑いを返した。

「あの……わたしの準備はまだみたいなんですけど」

「あぁ、それなら心配いりません。私がお手伝いしますから」

にっこりと満面の笑みだったが、小夜子にとっては嫌な予感しかしない。

「あの、大丈夫です! お手伝い、いりませんっ!」

「そうですか、いきなりでも平気ということですか?」

「ち、ちがっ……」

慌てる小夜子を見て、鏡二はますます嬉しそうな笑顔になる。

「案外積極的なんですね。では、この箱の中身がなくなるまで頑張りましょう」

(それって、アノ箱だよね? ひと箱って一ダースだから、残り十一個⁉)

「無理です……そんな……」

ふるふると首をふる小夜子の耳元で、鏡二が甘い声でささやいた。

「思いっきり全部、愛させてください」

（こんなの……ズルイ）

バスローブの紐がほどかれる間も、鏡二の言葉が耳から注がれる。

「愛しています、小夜子さん」

溺れるほどの愛の言葉を聞きながら、小夜子はもう一度鏡二にその身を任せたのだった。

エピローグ

それから半年後のある日。

日向のサッカーの試合の応援に、鏡二と小夜子は来ていた。場所は、鏡二が小夜子をかばって怪我をしたあの河川敷のグラウンドだ。

走り回る日向に手を振っていると、横から鏡二が耳元で囁く。

「もしまたあのときのように怪我したら、今度はもっといろいろとお手伝いしてくださいね」

「なっ……いろいろって」

「今ここで、発表してもかまいませんが子供には聞かせるわけにはいきませんからね」

「そ、そんなことしませんから。絶対」

「そんなことって、なにイヤらしいこと想像してるんですか？」

「わたしは別にっ！　もうからかわないでください」

顔を赤くしている小夜子を見て鏡二は今日も満足気だ。

そうこうしているうちに日向がゴールを決めて、試合は日向のチームが勝利した。

「広田さん！　さっきのシュート見た？」

鏡二にまっすぐに駆け寄って、嬉しそうにしている。

（最近は〝姉ちゃん〟じゃなくて、いつも〝広田さん〟だもんな）

「いい角度でシュート決まりましたね。すごかったですよ」

「だろ？」

父の亡きあと、家族は母親と小夜子だけだった。そのせいか日向は兄のような存在の鏡二にすっかり心を許していた。

「なぁ、久しぶりにリフティング勝負しない？」

「いいですよ」

日向の誘いに、鏡二がのった。

「久しぶりって、前にも勝負したの？」

疑問に思って問いかけると日向が答えた。

「初めて姉ちゃんのアパートの前で会ったときだよ。あのとき『サッカーできる奴じゃないと、姉ちゃんの彼氏って認めない』って話になったんだよ。そしたら広田さんが、二百回リフティングができたら、姉ちゃんとのこと〝落とす〟の協力してくれって」

思い返してみれば、ずいぶん前の話だ。そのころから鏡二が自分のことを思ってくれていたと分かって、胸がキュッと甘く音をたてた。

「男の約束をばらさないでください」

バツが悪そうな鏡二が頭をかいている。

「いいじゃんか、俺頑張っただろ。試合のあと走って帰って、ふたりきりにしたし」

「あぁ、不慮の事故があったとはいえあれはファインプレーでした。あのあと、私と小夜子さんが……」

「あわわわ！　ストップ」

そこから先は中学生になったばかりの弟には聞かせられない。焦った小夜子を見て鏡二はクスクスと笑っている。

「日向くんが勝ったら、今度Ｊリーグの試合を見に行きましょう」

「マジで⁉　やったー！　じゃあ広田さんが勝ったらどうする？」

「そのときは、あなたのお姉さんの苗字を変えます」

「へ？」

思いもよらない内容で、小夜子はきょとんとしてしまう。

「いいよ。なんて苗字にするの？」

鏡二の意図をわかっていない日向が、無邪気に尋ねた。

「もちろん〝広田〟になってもらうんですよ」

「ふーん。同じ苗字にするんだな。それよりもＪリーグの試合絶対だかんなっ！」

そう叫んでボールを取りに走った。

「鏡二さん、今のってどういう意味ですか？」

「そういう意味ですよ。嫌ですか？」

「そ、そんなことないですけど」

「まずは外堀から埋めるんです。いつかみたいに逃げられたら困りますから」

「もう逃げませんよ……」

なんとか、鏡二と距離をとろうと必死になったときのことを思い出した。

（あのころ、もっと素直になっていたら、辛い思いなんてしなくて済んだのに）

今さらだけれど、そう思わずにはいられなかった。

「そうであってほしいです。あ、少し待っていてくださいね」

長い足で車の方へ駆けていくと、すぐに紙袋を持って戻ってきた。

「これ、読みながら待っててください」

紙袋に入った本を渡された。中身をみるとあの日書き上げた鏡ヒロの小説だった。

「本、できたんだ……」

鏡二の苦労がわかっているだけに、いつもよりもずっしりと重く感じた。ゆっくり表紙をめくるとそこにはサインが書いてあった。

【広田小夜子さんへ　愛をこめて　鏡ヒロ】

（鏡二さんにしかできない、プロポーズだ……）

鏡二の方を見ると、こちらに向かって手をふっていた。

「勝負！　絶対勝ってくださいね」

小夜子は鏡二にしっかり聞こえるように〝イエス〟の意味を込めて声を上げた。


「悔しい！」

結局勝負は今回も鏡二の勝ちで、日向は車に乗ってもなお頬をふくらませたままだった。

「勝負の世界ですからね。約束通りお姉さんは私がもらいますよ」

「別にいいけど。だって、やっと広田さんが〝オニーサン〟になるってことだろ？」

今の日向にとっては、小夜子が結婚することよりも鏡二が自分により近い存在になることのほうが重要らしい。

それからも、コーチの話や友達の話、気になる女の子の話まで鏡二に聞かせていた。小夜子は恋人と弟――大切なふたりが仲良く話している姿を微笑ましく見ていた。

「そうだ、小夜子さんお母様がご在宅か確認してください」

「この時間ならいると思いますけど……」

「それは都合がいい」

ニコニコと嬉しそうに車を運転している。

「あの、全部自分ひとりで進めないで、わたしにも相談して下さい」

「そんなことより、もう一回勝負しよーぜ。広田さん！　俺一度でいいからプロの試合見たいんだってば」

日向に邪魔されてそれ以上話ができないまま、自宅に到着してしまう。

「あら～、鏡二くん。お休みの日につきあわせてすみません。よかったらどうぞ」

母親が笑顔で出迎えた。

「お邪魔します」

日向は靴も揃えずにバタバタと廊下を歩く。

「広田さん！　ゲームしようぜ」

「こら、日向アンタなんて口の聞き方してるのっ！」

母親の声など聞こえていないようで、そのまま冷蔵庫に直行した。

「すみません、騒がしくて。こちらにどうぞ。お食事していくわよね？」

「はい、いただきます。でももうひとつ欲しいものがあるんですけど、いいですか？」

（え？　まさか……ね。いくらなんでもそんな急にね……）

「小夜子さんをお嫁にくださいませんか？」

「あ、そんなこと。どうぞどうぞって……え？」

茶碗にご飯をよそっていた手が止まる。

「小夜子さんも、日向くんもＯＫしてくれました。残るはお母様だけです」

「ちょっと、こんな急に」

止めに入る小夜子を、母親が制止した。

「わかりました。不束者ですが末永く幸せに暮らしてください。母親の私からひとつだけ。絶対に娘を残して、亡くならないでください。一秒でも長くこの娘より長く生きてください。私がお願いするのはそれだけです」

「お母さん……」

夫に先立たれた母の気持ちを思うと、小夜子の目に涙が浮かんだ。

「お約束します。必ず小夜子さんよりも長生きします」

「どうか、どうかよろしくお願いします」

鏡二の手を握りしめた母の姿を見て、小夜子の頬に涙が伝った。

「飯まだぁ？　食べ終わったら、俺、広田さんとゲームするから」

部屋で着替えてきた日向がリビングに降りてきた。そこで空気ががらっと変わる。

テーブルの上の唐揚げをつまみ食いしながら嬉しそうにしている。

「日向くん、今日から〝お兄さん〟と呼んでいいんだよ」

「は？　なに言ってんの？　ヤダ」

「ヤダって言われてしまいました」

日向の態度に鏡二がショックを受ける。

「ちゃんと、姉ちゃんのこと幸せにしてくれたら、呼んでやるよ」

「アンタ本当に生意気ね」

母親が拳を振り上げると、日向は頭をかばって逃げた。

そうして、家族になる道の入口にたった小夜子たちは、和やかな食事を始めたのだった。

母親に勧められるままにビールを飲んだ鏡二の代わりに小夜子が運転して、鏡二のマンションに到着する。

「じゃあ、わたしも明日仕事なので帰りますね」

しかし車のキーを渡そうと手を伸ばすと、そのまま手を掴まれエレベーターに乗せられてしまう。

「今日は帰るつもりだったのに」

「そんなこと、私が許すはずないでしょう」

上機嫌で繋いだ手を口元に持っていき、小夜子の手にキスをする。

「酔ってますか？」

「少しね……やっぱりあなたが私のものになると思うと、嬉しいものですね」

部屋に入っても、なお鏡二は小夜子の手を離さず、そのままソファに座った。

そして小夜子の手を引くと膝に横抱きのまま座らせた。真剣な顔で小夜子を見つめる。

「小夜子さん、私はあなたのおかげで、もう一度〝鏡ヒロ〟として筆を取ることができました」

「そんな、わたしはなにも」

小さく首を振る小夜子を、愛おしそうに鏡二が見つめた。

「これからも、わたしの側で支えてくれますか？」

「はい……妻ですから」

自分で言って少し恥ずかしくなった。

「あぁ、いいですね妻という響き。実は〝キョウジ〟の次回作は新妻ものなんですよね」

（なんか……とても嫌な予感）

「それとわたしがどういう関係があるんですか？」

「さっき、支えてくれると約束したばかりですよね？　もう忘れてしまったのですか？」

どうやら〝支える〟の範囲が鏡二によって拡大解釈されているようだ。

「忘れたわけじゃないですよ。でも……んっ」

鏡二の手が小夜子を惑わすように動き始めた。

「初々しい新妻の反応を見せてください。私の奥さん」

耳元で吐息混じりにささやかれた。

（お、奥さん！）

耳慣れない言葉がくすぐったい。

「そうだ、久しぶりに〝キョウジ〟の本で読書会しましょうか。ふたりで」

「な、もうあれはイヤです。恥ずかしすぎます」

「おかしなことを言いますね。本を読むだけなのに。それに本よりもっと、恥ずかしいことたくさんしてますよね？」

「もう！」

からかう鏡二を睨みつける。

「あぁ、そんな顔して誘って……」

「そんなっ……わっ！」

鏡二は膝の上に乗せていた小夜子を抱えて、寝室に向かって歩き出す。

「残念ながら、今日は帰しませんから。その代わりたくさん愛してあげますね」

笑顔の鏡二に逆らう術を小夜子は知らない。

そうして今日も、小夜子は鏡二の甘い言葉に惑わされて、溺れることになるのだった。

〈ＥＮＤ〉

あとがき

はじめましての方も、お久しぶりの方も、このたびは『あなたの言葉に溺れたい　恋愛小説家と淫らな読書会』をお読みいただきありがとうございます。

敬語の落ち着いた大人ヒーローを書きたいと思い、この作品の鏡二というキャラクターを作ったのですが、どこをどう間違ったのか……。〝恋愛〟小説家というより〝変態〟小説家になってしまった気がします。

彼のおかげで、私の他の作品に比べて大人度が高めです（当社比）。戸惑うヒロイン小夜子と、グイグイ迫る鏡二の恋愛を楽しんでいただければ幸いです。

このお話では、読書会がテーマ（？）として出てきますが、こういった趣味のつながりで集まることが、ＳＮＳ等の普及で以前よりも敷居が低くなったのではないかと思います。もしその場に鏡二のような男がいたら、全力で逃げてください（笑）。

この作品は、らぶドロップスの作品として電子配信されたものを加筆修正したのですが、その編集部の方に「ムズムズする作品」と言わしめた作品です。

ぜひ読者の方にも、いい意味でムズムズしていただきたいと思います！

ここからはお礼を。

前作に続きイラストを描いていただいた花本八満さま。色気あふれる鏡二と小夜子を描いていただき感謝です。

そして毎度お世話になっております担当さん。とあるフレーズを「ここいいですね！」と言ってくれ、変態の価値観具合が同じで嬉しかったです。

そして最後になりましたが、この本をお読みいただいた読者様。こうやって書き続けられているのも、みなさまのおかげです。

たくさんの感謝の気持ちを、次回作に詰め込み精進してまいりたいと思います。

またどこかでお会いできれば幸いです。感謝をこめて。

高田ちさき

本書は、電子書籍レーベル「らぶドロップス」より発売された電子書籍を元に、加筆・修正したものです。

あなたの言葉に溺れたい
恋愛小説家と淫らな読書会

２０１６年１１月２９日　初版第一刷発行

著…………高田ちさき
画…………花本八満
編集…………パブリッシングリンク
ブックデザイン…………百足屋ユウコ＋北國ヤヨイ（ムシカゴグラフィクス）
本文ＤＴＰ…………ＩＤＲ

発行人…………後藤明信
発行…………株式会社竹書房
〒102-0072　東京都千代田区飯田橋２－７－３
電話　03-3264-1576（代表）
03-3234-6208（編集）
http://www.takeshobo.co.jp
印刷・製本…………中央精版印刷株式会社

ISBN978-4-8019-0920-5　C0193
Printed in JAPAN